Mi viaje hacia el oeste

Diario de trincheras

José A. Mayayo

José A. Mayayo

Mi viaje hacia el oeste

Diario de trincheras

Edición e impresión por BoD – Books on Demand
info@bod.com.es – www bod.com.es
Impreso en Alemania – Printed in Germany

ISBN: 978-84-132-6368-7

En plena noche

cuando los ruidos callan

gritan los miedos

Preámbulo

Un largo viaje de dos pasos

Gira la tierra

y la gallinita ciega

ve su camino

Nunca creí que los recuerdos de infancia, que me ayudaron a superar la perdida de memoria traumática debido a un infarto, terminasen formando las etapas de «Mi viaje hacia el oeste», un pequeño libro de los recuerdos que han salido a borbotones, para hasta conformar un diario de resilencia. Eso que he dado en llamar mis trincheras. El año anterior al infarto, publiqué mi primera novela, y en el momento de sufir el infarto, ya estaba bastante adelantada la segunda novela, a falta de un par de capítulos, para finalizarla. La sorpresa se produjo al regreso del hospital. Tenía tiempo de sobra e intenté retomarla en el punto en el que la había dejado, y se produjo la desilusión.

Las ideas, inspiración, o como queramos llamarlo, habían desaparecido, —me gusta decir que las musas habían dejado de bailar— En ese momento me dí cuenta de que se trataba de algo similar a lo que la gente llama vejez. Me faltaban las fuerzas, no podía continuar imprimiendo el mismo ritmo trepidante a los los protagonistas, mi mente se negaba a recordar como lo había hecho antes del infarto, y me encontré ante el terror de «la página en blanco».

Las musas son infieles y me sentí abandonado. Tuve que iniciar mi camino por el desierto, y escuchar a mi duende burlón que de vez en cuando dice algo sensato. «¿Que hace un enfermo de Alzheimer? Recuerda... recuerda...» Descubri las distintas caras del miedo, que utiliza para esconderse entre los repliegues del cerebro.

Descubrí también que todavía tenía algunos recuerdos de infancia en los que apoyarme, posiblemente que estarían deformados al mirarlos bajo el prisma de la imaginación, de esa edad para la que los monstruos, principes y princesas se encuentran a la vuelta de la esquina, y utilicé la escritura como terapia, fueron saliendo los relatos sin orden ni concierto, cada uno de ellos tenía vida propia y revolotearon en la memoria, para que me apresurase a sacarlos a la luz.

Fueron saliendo desordenados, empujándose los unos a los otros, y en muchas ocasiones mezclándose los unos con los otros.

De esa misma manera caótica, los he ido transcribiendo en este libro, utilizando en esos recuerdos las palabras propias de la época y de la zona, sin importarme de que en este momento no se encuentren en uso, merecen volver a la vida ocupando un pequeñísimo espacio en estos relatos..

Página en blanco

Dicen que el terror de un escritor se multiplica, al verse ante una página en blanco y no encuentra las ideas que le permitan crear escenas para componer su novela. Eso debió ser lo que me sucedió, las ideas que permiten crear la trama de la novela, habían desaparecido.

Mi mente se había convertido en un disco duro borrado, no había quedado nada en la memoria que me permitiese continuar escribiendo. ¿Qué debería hacer? Me encontraba debil, tenía que luchar con los malditos medicamentos que me agredían, y por si fuera poco,ya no comprendía a los protagonistas que habían sido creados hacía ya unos meses, ya no recordaba de donde venían y mucho menos hacia donde se habían propuesto llegar.

Y por si fuera poco, tampoco podía continuar generando los sucesos que marcaban el ritmo de sus vidas. Eran muñecos de guiñol sin que nadie pudiera mover los hilos —eso sí que era el síndrome del folio en blanco—, tuve que tranquilizarme para no llegar a sentir pánico ante lo que ese angel malo que —según dicen se aloja en el interior de cada uno—se empeñó en hurgar en mi cerebro para decirme que me encontraba acabado.

Me habia convertido de golpe en un anciano, me revelé ante esa idea, y traté de escribir, sin obtener resultados aceptables. Retomé el dibujo para serenarme y las proporciones también se resisitían, hasta que mi pequeño duende interior se dignó susurrar algo coherente:

—¿Te has quedado también sin sentimientos?

Y comencé mi carrera en busca de esos sentimientos que se ocultaban para no salir a la luz, y comprendí que la impaciencia, la ira, la nostalgia o la tristeza también son sentimientos a los que aferrarme.

Un sarmiento trasplantado

Si mi deseo es recordar mi infancia, necesitaré tocar la tierra donde he nacido, y a la que me encuentro unido de por vida, esa tierra arcillosa compuesta por vetas de distintos colores cálidos, divididos por líneas muy bien delimitadas en las paredes del barranco del Río Madre, —hasta su nombre es acogedor— Debo sentir el tacto húmedo, suave y pegajoso, meter mis manos en esa tierra roja como si fuese un alfarero.

Mi mente cerrada necesita descubrir la chispa de vida para crear a ese nuevo Adam en forma de libro.

Como tantas y tantas veces conduzco mi coche hacia la salida de Logroño por la N232 dirección Zaragoza, tratando de sentir atrayendo a esos recuerdos que se niegan a aparecer. La carretera de circunvalación supone una barrera de contención, que me aprisiona aplastándome contra el asiento. Sujeto el volante con fuerza, mi pie empuja al acelerador bajando el pedal, obligando a los caballos del motor a saltar con brío alcanzando el límite de velocidad marcado para ese tramo de carretera.

Permanezco durante unos minutos con la atención pendiente en lo que sucede a mi alrededor, debo sentir el verdadero límite, el punto en el que la carretera inicia un descenso, desde donde cambia el paisaje. Ya han quedado atrás las tierras negras de Logroño, — trayendo el recuerdo del día en que deje mi pueblo, para ser un número más, en una ciudad extraña— Abriéndose a mi vista el paisaje multicolor de las viñas, las bodegas de los Tres Marqueses, «Praulagar» —así es como denominan en mi pueblo a esa zona— mientras el motor de mi coche continúa rugiendo, el pie deja de pesar, el acelerador inicia un leve descanso y me expando en el asiento. He dejado atrás en un momento las barreras que lo encarcelaban.

El color de la tierra se modifica, pasa en un momento a adquirir tintes rojizos, un paisaje que me abraza para cargarme de recuerdos, —me considero un sarmiento trasplantado— y llegar a esta zona es encontrar la cepa en la que se encuentra mi origen. Tal vez sea por eso por lo que en estos relatos procuro utilizar las palabras —en algunos casos obsoletas— pero que mantienen la esencia del recuerdo.

El motor parece entender como me siento, y ronronea con suavidad como si quisiera flotar en el asfalto, unos kilómetros más, y bajo un cielo plomizo con nubes amenazando descargar el contenido de sus vientres, va cambiando el paisaje creando un pasillo hasta llegar a un pequeño repecho, para mostrarse ante mi una recta larga.

Una línea oscura cargada de jorobas como si se tratase de una taimada serpiente, que incita al despistado conductor— que desconoce el canto de la sirena— a sentir el placer de la velocidad, sin darse cuenta de que detrás de cada joroba puede encontrar el obstáculo que le haga finalizar el viaje de la vida.

El paisaje cambia, al fondo sobre un montículo, distingo las casas y la iglesia del pueblo, en la cumbre, el depósito de agua ocupando el lugar que históricamente fue asentamiento de un castillo, por cuya posesión se pelearon reyes.

Como si se tratase de un gran abanico, se abre el paisaje mostrando los azulados montes de Sierra de la Hez, coronados por las densas nubes que permiten el paso a rayos solares para embellecer y dar color a las viñas de verdes, ocres y amarillos, la intensidad del color de la vegetación y el rojo de la tierra, hacen que mi memoria despierte y me traslade a otros momentos. Una breve parada en el lugar donde se asentaba hasta la primera mitad del pasado siglo, una venta de carretera, para dejar que los recuerdos salgan a borbotones.

A pesar de los cambios, reconozco el paisaje, faltan los extensos trigales de tallos largos, entre los que podía buscar las espigas cargadas de trigo, y esconderme sin ser visto, porque esas mismas espigas cargadas de grano ocultaban mi cabeza, y acariciaban mi rostro a impulso de la brisa. El siseo de estas mismas espigas al ser movidas por el viento, y los temidos dibujos circulares, después de una tormenta, que estéticamente eran tan atractivos y económicamente tan funestos.

Es momento de regresar, y comenzar a escribir los recuerdos de esa infancia en la que la única preocupación se centraba en ese presente que hoy después de tantos años le ponemos nombre de «Felicidad»

Tierra

Todavía me persiguen imágenes y recuerdos, unas veces vívidos y en otras un poco desvaídos. Montes lejanos azules o grises, mieses doradas movidas por el viento. Una paleta de colores intensos, surgiendo después de recibir el baño de una chaparrada de abril.   Plantas tintando con multitud de verdes la tierra, las viñas se visten de esta misma infinidad de verdes, con pinceladas de oro iluminadas por unos rayos solares que surgen de entre la capa de nubes abriendo una ventana para que se asome el sol.

Sentado en mi sillón o ante mi ordenador escribiendo o dibujando, o dejando que pase el tiempo, siempre acudo a mi lugar favorito. Un pequeño montículo en un mal camino, de tierra suelta arcillosa, con abundancia de cantos rodados. El «Cerrillo» que finaliza en una pared casi vertical, un lugar ideal para sentarme en su borde, dejando que mis cortas piernas de niño cuelguen sueltas, sin la incomodidad de verse detenidas por algún impedimento.

En mi observatorio, una posición privilegiada desde la que veo los campos, los árboles, o las gentes realizando sus labores cotidianas, en algún momento también se sientan a mi lado algunos jóvenes dibujantes, provistos de sus grandes cuadernos de dibujo, plumillas y la barra de sanguina. En silencio junto a ellos descubrí, que aquella barra disuelta en agua permitía realizar unos trazos rojos que trataban de copiar en un solo tono todo mi paisaje lleno de colorido. Reconocía cada tramo de paisaje, la carretera serpenteante que había visto realizar el nuevo trazado. Desde mi observatorio conocí lo que hacía un barreno, y el peligro que lleva en su interior, después de una de aquellas explosiones había visto correr y gritar a las personas mayores, llantos por la muerte de un operario.

Desconocía el motivo que llevaba a los dibujantes a ocupar mi puesto de observación, pero siempre me gustó aquel color rojo, era el mismo que tenían los hierros oxidados, y también era el mismo de la tierra mojada por las gotas de agua de la lluvia.

Me asombré al ver a aquella gente capaces de realizar unas líneas de tinta roja, haciendo que pudiera descubrir en ellas cada camino, cada monte o cada finca, pero aquella gente invadía mi propiedad. Todavía hoy continúan invadiendo mi propiedad, me obligan a recordar, continúo igual que entonces necesito que cierren sus cuadernos, recojan sus plumas y me dejen solo, para poder escuchar aquellos mismos sonidos del silencio, canto de grillos, sonido de mieses mecidas por el viento, gritos lejanos de mujeres llamando a sus hijos para comer.

El paso cansino de unas herraduras golpeando contra las piedras del camino, unido a la la voz de mi abuelo llamándome, a la vez que extiende su pie para que me sirva de estribo. facilitando que monte a la grupa. Una última mirada a los arbustos de tamariz, revestidos con sus flores blancas, mi apoyo en tantos descensos por la pendiente del terreno, bellos, salvajes independientes, tal vez era eso lo que me atraía para refugiarme en ellos, permitiendo que sus ramas me abrazasen mientras mis cortas piernas se apoyan en una raíz, hasta alcanzar un punto por el que poder descender los cuarenta o cincuenta metros de caída casi vertical.

Retomo el sonido de las herraduras golpeando contra los «cantos» del camino haciéndome sonreír, conozco el movimiento airoso de las patas del caballo sin castrar, espero a que pare a mi lado y con una sonrisa, mi abuelo extienda su mano para agarrar la mía y coloque su pie tenso.

Detrás de mi abuelo, mi cuerpo se pega al de él, intentando abrazar su cintura, sin llegar a conseguirlo. Mi cara pegada a su amplia y poderosa espalda, la rugosidad de su chaqueta de pana me acaricia la cara en un vaivén constante motivado por el característico paso del equino.

¡El caballo! De color negro zaino, con una mancha blanca en la frente y alrededor de los cascos delanteros, resoplaba y movía la cabeza cuando me acercaba, permitía que le acariciase el cuello y las patas, y golpeaba el suelo con uno de sus cascos delanteros permitiendo que pasara por debajo de su vientre.

Me gustaba el brillo de su pelo, montarlo, y agarrarme a sus crines con fuerza, era una sensación placentera tumbarme en su lomo y sentir un movimiento nervioso en su cuerpo que pasaba raudo por mis piernas desnudas como si se tratase de una pequeña serpiente.

Creía que entre los dos existía una conexión, según me había contado mi madre, él fue quien provocó que se adelantase mi nacimiento. Pudo provocarlo, pero me niego a creerlo culpable. Si bien es cierto que se asustó y dio un salto, con mi madre embarazada, montando a la amazona, este detalle le permitió saltar y apoyar sus manos en el suelo para proteger su vientre, o mejor dicho, para tratar de protegerme a mi. Pudo ser esta la primera vez que llegaba al final de este camino hacia el oeste, y que ha habidos unos cuantos a lo largo de mi vida.

Suelo pensar que alguien se encarga de pagar una prima de peligrosidad a mi «ángel de la guarda» que estará deseando de que le llegue la jubilación, seguramente se encontraría en la lista del paro, poniéndose contento cuando le asignaron mi custodia.

El caballo continuaba subiendo por el empinado camino, y la chaqueta de mi abuelo estaba impregnada de infinidad de aromas entremezclados, el intenso y cortante de la pana húmeda por las gotas de lluvia, suavizado por un penetrante olor a tomillo y un fresco olor a la alfalfa verde recién segada. Junto a una perra también negra, de pelo rizado y hocico puntiagudo que reflejaba su mezcla de una perra de agua y un zorro, era un cachorrillo recién destetado cuando llegó a mi familia, al mismo tiempo de mi nacimiento, podría decirse que crecimos juntos, y algunas veces comimos del mismo plato, exponiéndonos a los gritos de mi madre. Me demostraba su amistad permitiéndo que me llevase a sus cachorros para jugar, aunque siempre se mantuvo atenta para que no les sucediera nada malo.

Una España en blanco y negro

En el cine del pueblo, como en el resto de las salas de España, se iniciaba la proyección de la «cinta», obligatoriamente con el noticiario, «el NO8DO», el mismo lema que aparece en el escudo de Sevilla.

Un título denostado, pero que se trata de un jeroglífico, que podríamos traducir como —NO- madeja-DO— o no me ha dejado. Un símbolo muy estudiado como todos los utilizados durante los primeros tiempos de la época franquista. La misma España del semanario de sucesos truculentos «El Caso».

Una España más cercana al medievo, en la que sus gentes todavía mantenían los recuerdos de la inquisición, y que las generaciones actuales juzgan con la mente del siglo XXI, no dudando en etiquetarla como la «España Profunda», sin querer reconocer que vendrán otras generaciones y habrán olvidado esa época.

Esta era una época en la que las gentes todavía mantenían el recuerdo de una España en color negro, los miedos a lo desconocido, unido al miedo por los castigos prometidos por aquello que creían a pie juntillas que lo justo, necesario y saludable se encontraba en las doctrinas predominantes, esto hacía que acusasen a sus convecinos, o mejor dicho a algunas de sus convecinas, de delitos poco probables pero que se hacían terriblemente grandes en las mentes cerradas por la incultura. Brujería. La palabra maldita y que al mismo tiempo levantaba una pared de separación entre la acusada y el resto de los convecinos.

A pesar de encontrarnos en el siglo XXI, y llenársenos la boca con la consabida receta de «somos europeos», todavía pesa en nuestras mentes la temible «Leyenda Negra», y no estoy seguro de que no sintamos cierto miedo ante una acusación similar. Afortunadamente no todo el mundo pensaba en blanco y negro, la misma memoria que mantenían los acusadores, también existía para que algunos acusados recordasen las pruebas que el Santo Ofició —o lo que era lo mismo, la inquisición—exigía para responder a las acusaciones de este tribunal eclesiástico sobre la brujería.

***

Ya había iniciado la misa solemne del día de Pascua, después de las preces al pie del altar y la epístola, todo ello en latín, el sacerdote abría el misal para la lectura del evangelio, ajeno a lo que sucedía entre los fieles divididos por sexo, a derecha los hombres y a la izquierda las mujeres.

Se trataba del momento elegido por una mujer cuya fama se encontraba en entredicho. La puerta de acceso a la iglesia se abrió, dando paso a esa mujer, que, sin dirigir la mirada a derecha o izquierda, avanzó por el pasillo central para dirigirse hacia la cabecera del templo. No intentaba buscar asiento, simplemente se paseó a lo ancho de la nave, para terminar, saliendo por la otra puerta de acceso.

Había iniciado el paseo por la «puerta de los hombres» la misma puerta por la que tenían acceso los neófitos, en el camino al baptisterio y saliendo —dejando a los asistentes atónitos—, por la «puerta de los dioses», o lo que es lo mismo, la salida por la que accedían los cadaveres camino del cementerio.

Solo unos pocos comprendieron el significado del paseo, la mujer había utilizado la acusación para responder con una solución tan medieval como lo era la acusación. Todo este «teatro» No era ni más ni menos que «Un Juicio De Dios», una ordalía mediante la que esa mujer ponía en manos de Dios el dictamen de su inocencia, que ningún juez de esta tierra podía rebatir.

Por si no había quedado claro, los pies de la mujer no habían quedado inmovilizados, su conocimiento de ciertas «leyes» me hace pensar que conocía también que eran útiles si permitía que el miedo tomase la iniciativa. Esta mujer era sabia.

Agua

Tierra y agua dos elementos muy distintos y complementarios en mi mente, debido a la escasez tradicional de ese segundo elemento, del que tradicionalmente carecía mi pueblo, teniendo que realizar constantes concordias con otras poblaciones de la sierra. Una de mis diversiones necesitaba de otra concordia entre la tierra arcillosa y agua, para entretenernos con un juego de nombre «tapa agujeros», y es que entonces no había tele ni teléfonos móviles, por lo tanto en los juegos había utilizar los elementos que disponíamos más a mano, sin importar si se trataba de barro, piedras, latas viejas o botellas usadas, todos estos objetos formaban parte del entretenimiento diario.

La arcilla es sinónimo de belleza, libertad, juegos, que unida al agua, esta tradicionalmente escasa, son sinónimo de esfuerzo, sacrificio,—y porqué no— de juegos, de escapadas y de cuerpos desnudos intentando ocultar en los repliegues de la mente dos palabras crueles «culpa» y «pecado» grabadas a fuego en una época en la que los estamentos políticos y religiosos temían otra palabra «libertad», otorgándole influencias malignas condenando a quienes se sienten atraídos por esa mencionada palabra, hasta las calderas de Pedro Botero.La verdadera penitencia comenzaba al llegar a mi casa, al descubrir madre la ropa coloreada por los residuos de barro rojo que tanto me gusta, a pesar de ser tan acusador en momentos en los que hubiera preferido que no se hubiera mostrado en público, aunque también existía ese placer morboso por la duda de ser descubierto.

Vida

Los sentinmientos van enlazando recuerdos, de la cantidad de veces que me he encontrado en la frontera del Finisterre, que tanto nos asusta sin darnos cuenta de que al sacar la cabeza por el útero materno, caemos de inmediato en la antesala de la muerte.

En todas estas veces he ido creando trincheras que han ido permitiéndome mi regreso de los viajes hacia el oeste. Las imágenes desvaídas se van mezclando torpemente, como si se tratasen de las palabras entrecortadas o los balbuceos de un niño pequeño. Por un lado, van apareciendo unos listones de madera de color marrón chocolate, con otros recuerdos a un sabor amargo, seco, un poco astringente y mi boca pegada a los listones intentando roerlos.

De pie en esa cuna de madera, siento en las plantas de los pies, la rugosidad del jergón relleno de «capotas», esas hojas secas que recubren la mazorca de maíz, que emiten un sonido característico con mis pasos torpes hacía un lado u otro de la cuna, la cocina «económica» constantemente encendida, para mantener la temperatura durante la noche, en aquel invierno tan frío, al otro lado una mesa pequeña con una torre hecha de cajas de ese medicamento descubierto tan solo unos pocos años antes, a su lado los frascos de Penicilina vacíos de su contenido, un líquido blancuzco, que lleva inmersa la palabra «dolor, enfermedad», no recuerdo la edad porque tan sólo tengo estos retazos de imágenes, las manos del practicante agitando los frasquitos de la medicina, un infiernillo, de llama de alcohol, las mismas manos colocando la aguja en la jeringa, con ayuda de unas pinzas, dolor llanto. Las manos de mi madre sujetando mis piernas. Después solo el escozor de un pinchazo en el glúteo, y mi protesta en forma de lloros y berridos.

Luna llena

Llevaba unas noches durmiendo en casa de su madre, en la cama de al lado separada tan solo por estrecho pasillo delimitado por una mesita de noche, se encontraban la anciana enferma, en espera de un final inminente.

No hacía muchos días que ella, le había preguntado a la oncóloga:

—Por favor doctora sea sincera ¿cuanto tiempo me queda?

La doctora la miró con una mezcla de seriedad y dulzura para contestarle después de una breve pausa:

—No más de un mes.

Habían sonado las once de la noche, en el antiguo reloj, y decidió que era momento de tratar de dormir durante un rato. Hacia unos días que había comprobado en el calendario de pared el cambio de luna, y esa noche era la última del cuarto creciente, y se mantenía alerta desde su cama escuchaba la respiración pausada de su madre, pero una voz interior le avisaba de que se estaba acercando al final del camino. Y tomó la decisión de no dejarse arrastrar por el sueño, permanecer junto a ella, mirarla y sobre todo recordar, era el momento de repasar las veces que con sus travesuras la había hecho llorar, o las veces que no le había sabido expresar sus sentimientos:

—Si es hoy su última noche, la pasaré junto a ella, y si no lo es, habré estado a su lado un día más.

Colocó una silla al lado de la cabecera de la cama, se sentó en ella, acarició la mano de su madre hablándole en voz baja.

Las agujas fosforescentes del reloj marcaban la una de la madrugada, continuó hablándole a la anciana que comenzaba a agitarse. Se trataba de un enemigo reconocible, y debido a la educación, innombrable, comenzaba a mostrarse acompañado por el miedo ante lo desconocido. Unas gotas de sudor brotaban de la frente de la enferma que movía los labios agitadamente como si intentara decir algo, abrió los ojos en una mirada suplicante, la voz del hombre se hizo más clara:

—Tranquila... ya estás llegando, ahora llegarán toda tu familia, tus padres, mi padre...—Lo que había sido miedo y nerviosismo ante lo desconocido, la aparente soledad, cambió rápidamente, las facciones se relajaron y apareció la calma, junto a ella su hijo, repitió lo que le había dicho anteriormente y continuó hablándole—...te esperan otros que todavía no conoces, son tus biznietos, habla con ellos y envíalos aquí, ya es momento de que vengan.

Los ojos de la anciana se clavaron en los de su hijo, movió los labios para susurrar algo inaudible, él acercó el oído a la boca de su madre percibiendo claramente una palabra:

—Adiós.

Seguidamente emitió una respiración profunda, después... nada. No era momento de llanto, solo PAZ.

A través de la ventana se veía una enorme luna llena, la misma luna llena de su nacimiento, fiel compañera en su venida y en su marcha. Un año después llegaban sus bisnietos, como si hubiera hecho caso a la petición de su hijo.

Conversaciones, en el Día de la Madre

—Buenos días madre.

—¿Qué para qué he venido? Te lo voy a contar, pero primero deja que te explique.
—Resulta que iba a hablar con Don Restituto.

—¿Qué quien es Don Restituto?

—Lo conoces de sobra, es aquel maestro despistado, que llevaba un guardapolvo de color gris, así como un poco jaspeado, con los dedos amarillos de la nicotina, y que se paseaba entre las filas de pupitres con la mano a la espalda sujetando una regla.

—¡Si...si... ese mismo!

—Pero da la casualidad de que mañana es el Día de la Madre, y he creído que es mejor hablar contigo. Aunque a ti no te voy a felicitar. Mira... hoy he decidido felicitarme a mí´, porque tuve suerte que quisieras ser mi madre.

—¡Que ya se que mañana es sábado! Y también se que va a decirme que soy un impaciente. Como tu dirías soy como Dios me ha hecho. Ya no tengo remedio.

—Pero... ¡si adelantaba el momento de que mis hijos tuvieran los regalos de Reyes Magos, por ver su carita de felicidad! Ahora a lo que vamos, porque si no se me escapan las cabras al monte. Anoche me acordé de ti porque sonó la Garbancera.

—¿Crees que porque era viernes no iba a sonar la campana? Pues sonó. Así como te lo digo. ¿Te acuerdas de aquella campana?

—Como no te vas a acordar, si cuando sonaba en las vísperas de fiesta, todas las mujeres del pueblo y de todos los de alrededor, corrían a poner a mojo los garbanzos.
Sonar... sonar... lo que se dice... pues no es que sonase.

—Ya se que te tengo en ascuas, pero ten un poco de paciencia porque donde estás no creo que tengas muchas cosas que hacer, me figuro que pasaras el día haciendo punto, y enseñándoles a las vecinas que tengas ahora. Como te dije aquel día en que tomaste la decisión de marchar «Buena la has hecho pollito». La verdad es que aquí no creas que tenemos mucho que hacer.

—Resulta que llevamos sin salir de casa desde hace mes y medio, bueno un confinamiento un poco más leve que el tuyo, pero aquí encerrados, y hoy tocaba salir al recreo.
¡Como lo oyes! RE-CRE-O ¿Cómo te quedas?
He salido y la gente ni te habla, un despistado ha creído que era su vecino, cuando le he que se había equivocado me contesta:

—Perdona, pero con esto de las mascarillas…
Como estamos de despistados con esto de las mascarillas. Si quien la llevaba puesta era él.

—¿Qué deje de agobiarte? ¡No que no es la guerra! que solo es un bichito como la gripe.
Si ya se que tu naciste cuando la gripe de 1918, pues esta no llega a tanto, pero es muy parecida.

—Nooo. Nosotros estamos todos bien. Si madre siiii. ¡AAh! ¿Preguntas que como están los niños que nos enviaste?

—Voy a contestarte como en tu pueblo que es el mío.
Pues mucho pero mucho bien, y mucho majos.
Ahora viene la noticia bomba ¡Acabas de tener una bisnieta!
Fíjate ha venido como tú, en otra pandemia.

—Otro día cuando tengas más tiempo te seguiré contando, o si ves que te aburres me llamas tú que tendrás las llamadas gratis y mejor línea de wifi que yo. Bueno madre hasta otra, y ahora sí. ¡FELICIDADES!

Una linea muy delgada

Trato de recordar las veces que he llegado hasta las fronteras de ese finisterre, y me han obligado a hacer el viaje de regreso no me quedan dedos en una mano para contarlas, y de la otra creo que me queda algún dedo todavía.

En cada uno de esos momentos he sentido una mano física . o no física—por no ponerle nombre a aquello que no llego a comprender— la que me ha librado, desde la misteriosa mata que me permitió agarrarme en una caída vertical de unos treinta metros, a la mano que me izó hasta un balcón cuando el cuerno de la vaca rozaba mi espalda, o la bala perdida que sopló en mi cabeza, o la que me contuvo durante un paso, a resguardo mientras explosionaba una caldera de gas, accidentes y dolencias.

Es posible que haya llegado a superar las vidas que les asignamos a los gatos, pero como dicen los que no han pasado por ahí: «lo que no te mata te hace más fuerte», de esto también tengo dudas, y creo que lo que no te mata te hace más tonto, llegando a creer que se trata de un milagro o de una casualidad, y resulta que tan solo decimos de labios para afuera.¡He vuelto a nacer! Desconozco el motivo por el que en esta ocasión me haya afectado de distinta manera, es posible que haya sido la primera vez en la que la debilidad me ha hecho percibir la suave brisa fría de la dama de la guadaña al pasar a mi lado. El resto de las veces he sentido solamente un escalofrío y una observación:

—¡De buena me he librado!

Ha sido la primera vez que no me he dado cuenta del momento que estaba viviendo, y tal vez sea ese el motivo por el que he peleado por superarlo. Creo que al recuperar los recuerdos he recuperado al niño, que nadie debería perder en este camino hacia el oeste que todos iniciamos al nacer, aunque no nos demos cuenta hasta que hemos andado la mitad del trayecto.

Explosión

Otra mañana, las mismas caras, las mismas conversaciones banales, una parada más en la que otro grupo de personas subían a empujones al autobús, resignados como todos los días a llegar tarde al trabajo, teniendo que aguantar malas caras de sus jefes. Luís miraba por la ventanilla a los transeúntes que otro día mas no respetaban los semáforos.

Era su forma de evadirse. Utilizaba siempre el mismo sitio. Detrás de una puerta de fuelle, que al llegar a las paradas se abría dando la sensación de aislamiento. Ocurrió en el momento en que el autobús llegaba al semáforo.

Un estruendo enorme hizo que el conductor frenase de golpe haciendo que los que ocupaban el pasillo fueran lanzados con violencia hacia delante, todo el tejado de la vieja fábrica de caramelos se elevó hacia el cielo cayendo al suelo en cascotes. Había hecho explosión la caldera.

Primavera

Buscando a mi niño

Incertidumbre

van surcando los mares

mis tres navíos

Hay unas cuantas cosas que todavía llaman mi atención en la primavera, la floración de los almendros,el despertar de las viñas, la incipiente capa de verdor intenso de los brotes de los cereales que visto desde lejos crea una alfombra multicolor que permite a la mente emborracharse de belleza.

la otra cara de la primavera es el recuerdo de una época de mi vida, cargada de prohibiciones y leyes no escritas sobre el bien y el mal, la dicotomía entre el deseo y el deber.

El asentamiento de un extraño ser a quen llamamos de muchas maneras y que a alguien le dio por llamar conciencia, una palabra que todavía me produce pavor, y ganas de encontrarme lejos de mi casa para no oír a mi madre gritar mi nombre en el momento en que me encontraba más entretenido con juegos u ocupaciones, que ella había decidido prohibir por una regla de tres incontestable:

—Porque lo digo yo, y se ha terminado.

Todavía no había comprendido que mi primavera no era la misma que la primavera de mis padres. En mi primavera había juegos y correteos por todo el pueblo, en la de ellos, vete a saber lo que había, porque se preocupaban muy bien de no dejar traslucir las preocupaciones, que se marcaban en un libro grande, de pasta negra y cantos tintados de rojo, que mi madre mantenía siempre abierto sobre el mostrador de la pequeña tienda de … de todo, desde legumbres a chocolates, apargatas, cestos para el campo y azadas, pasando por hilos y cualquier cosa de utilidad en la vida del pueblo.

Pero lo que atraía mi atención era aquel libro enorme abierto, en el que mi madre hacía anotaciones cada vez que alguien compraba alguna de aquellas mercaderías que llenaban la tienda, de vez en cuando tachaba alguna de las anotaciones. Aunque el dichoso libro tenía dos palabras marcadas en letra gótica DEBE-HABER el haber desaparecía para quedar tan solo el debe.

Mientras escribo me figuro que estas serían las primaveras de mis padres, en la mía también había otro debe haber tiempor para jugar, leer, o deambular por mundos llenos de nubes en las que se ocultaban todos aquellos seres de mis sueños.

Cuando una onza pesaba una onza

Estoy hablando del chocolate, si. Esa tableta oscura, o esa otra menos oscura, o hasta blanca en algunos casos, ajustándose cada vez más a la moda, y que han llegado a tener a una delgadez extrema, haciéndonos creer que así son más elegantes. Esto me recuerda a eso que han dado en llamar «Nueva Cocina» y si lo dicen en francés aún resulta mucho más elegante, creo que lo hacen para «mantener la línea», con esta delgadez han tenido que cambiarle el nombre. Ahora ya nadie pide media libra de chocolate, que en peso suponía 250 gramos, divididos en ocho porciones u onzas. Marcadas por líneas profundas, redondeadas por su parte superior, en la que habían impreso la marca de fábrica.

A mi me gustaba una que llevaba una carita de niño o niña tomando chocolate.

Todavía recuerdo mi corazón palpitar precipitadamente al tener en mis manos cada una de aquellas tabletas, a través del papel llegaba un aroma penetrante, que obligaba a mis dedos a hurgar en las juntas de la envoltura. Tenía que hacer un esfuerzo para no precipitarme, mirar hacia atrás tratando de descubrir que toda la casa estaba en silencio, que mi madre creía que continuaba en la cama.

Era el momento crítico, no podía hacer ruido porque no tenía ninguna disculpa. Tenía en mis manos la prueba del delito. ¡Rraaasss!

Un suave sonido que en mi mente sonaba como un trueno, un suspiro, quietud, observar si no había pasado desapercibido, un aroma más intenso todavía de aquel chocolate Orbea, no podía ser de otro, porque para mí se trataba en sí mismo del cofre del tesoro, mis dedos hurgaron por la superficie apetitosa, y.... me inundó la alegría con una mezcla de duda.

En la oscuridad los dedos pulgar e índice se aferraron a un pequeño cuadernillo que pasó al fondo de mi bolsillo en espera de tener un poco de luz para descubrir el titulo del cuento.

El siguiente paso consistía en colocar la envoltura como estaba antes de haber sido asaltada, después comprobar mi nueva joya, un pequeño cuento aromatizado por la tableta de chocolate con el que había permanecido en contacto.

Lo que el tiempo esconde

Constantemente nombramos al tiempo para quejarnos de sus fluctuaciones climatológicas, pero no se trata de esta acepción del tiempo la que más nos interesa.

El tiempo es un compañero de vida inestable y mentiroso, cambia de nombre demostrando su inconstancia. Ayer, hoy, mañana, distintos nombres y las mismas intenciones. Infancia, juventud, vejez. Se nos muestra distinto, pero es el mismo ser mentiroso ayudado por la prisa su amiga, ese ser abyecto que se convierte en la serpiente del Edén.

La prisa contiene un mecanismo infernal que hemos dado en llamar «reloj» que hace sonar en nuestra mente un «tic, tac» cadencioso que te precipita hacia el abismo del futuro.

Nacemos con el reloj, pero el tiempo se lo entrega a nuestros padres, que los preocupa, haciendo que se precipiten en un pozo de oscuridad, donde tan solo resuena una palabra. FUTURO y MIEDO, ante la duda de lo que les espera a los hijos. Los padres también entregan su reloj a los hijos que no comprenden algo tan absurdo. Su reloj es otro, pero ya no lo tienen, su bonito reloj de niño se ha convertido en un incómodo reloj de adulto. Se revelan y se alían con su amigo tiempo que les habla del placer de luego, y de mañana. Un engaño que les hace que deseen abandonar la niñez y la juventud, sin saber que se meterán en la vorágine de la prisa quedando atrapados por el veleidoso tiempo.

El tiempo pasa inexorablemente, el niño crece, el joven madura... —a veces— o sobrevive enganchado por el tiempo, el espejo se vuelve cruel y agresivamente sincero, un día refleja la pata de un gallo marcada en los ojos, te asustas y el tiempo sonríe, mañana aparecerá todo un gallinero, en el pelo aparecen bellas hebras blancas y en muchas personas el terror.

El tiempo avanza y sonríe, se convierte en tu amante cruel y te dice que esas hebras tan bellas son horribles y que debes ocultarlas, llega mañana y ya no son hebras, es todo el pelo.

Tu amigo de juventud que te animaba en las juergas, que posteriormente se convirtió en tu consejero sensato, se convierte en tu amante exigente que con su dedo te indica con apremio el mañana, termina burlándose de ti para recordarte el pasado, y cruelmente trata de herirte, diciendo: «YA NO TIENES TIEMPO»

En su crueldad se olvida que hay otro ser que junto a la prisa acompaña al tiempo. La EDAD, y si el tiempo se arropa con la prisa, la edad se arropa con la calma, una herramienta para la que solo existe el presente. Ayer ya pasó. Hoy existo y llegará mañana que será nuevamente hoy.

Un cuarto de hora

—No te has portado bien. La comida no se tira… Tendrás que meditar en la cueva.

David, a sus cuatro años no lo dudó. Sabia que un mal comportamiento equivalía a un castigo, y sin protestar se dirigió a la cueva, horadada en la antigua fragua. La puerta se cerró con un golpe metálico, en su testarudez no existía la palabra arrepentimiento.

Toc… toc… toc… tenía mucho sueño, y el sonido machacón de una gota de agua lo desquiciaba. El cansancio hacía que se le cerrasen los párpados pesadamente, y de nuevo el molesto toc… toc… toc… lo sobresaltó. David repetía con vocecita:

—Me llamo David y tengo cuatro años.… Me llamo…

Lo repetía una y otra vez, como si se tratase de un asidero para no perder la conciencia.

Cloc… cloc… cloc… Un nuevo sonido se sumó al anterior. Conocía aquel ruidito, lo había oído infinidad de veces, en el viejo reloj de pared. A su mente le llegaban recuerdos que no comprendía, y desvaneciéndose inmediatamente. Tenía frío, los párpados le pesaban, quería dormir, pero aquellos ruidos no se lo permitían. Hizo un esfuerzo, pudo ver que se encontraba conectando por tubos a una máquina, idéntica a la del reloj de su casa. La rueda giraba al revés. Un recipiente de cristal se llenaba gota a gota con un líquido transparente, al que estaba unido por un tubito fino y brillante. Junto a él otro niño tendido en una mesa de mármol, estaba conectado al mismo recipiente. Entre las brumas, el otro niño compartía los mismos recuerdos. Después… la nada, la negrura se apoderó de él, y la voz del otro niño inició el sonsonete:

—Me llamo David, y tengo cuatro años… me llamo…

—No lo olvides. Ahora eres David y tienes cuatro años.
La sombra que le hablaba se comprimía y expandía, utilizando el ritmo de los sonidos producidos por la gran maquinaria.

Un pensamiento ocupó la mente de David:
«Algún día encontraré mis padres y mis hermanos».
Salió.

Unas ampollas en la piel marcaban la diferencia, con otro David que había asumido el castigo. Dejó de recordar.

Roberto el Diablo

Llega el recuerdo y no puedo ubicarlo en el tiempo, aunque si se en la época a la que me lleva. Roberto el Diablo, eran una serie de cuentos sobre las aventuras de un caballero malvado, que había vivido en una época en la que todavía se utilizaba la espada para combatir y dar muerte a los enemigos y conquistar castillos, esa misma época en la que Barba Azul, o de La Bella Durmiente, cobraban vida en la mente de un niño, o tal vez era porque era mi época de escuchar cuentos.

Posiblemente mi edad no superaba los cinco años, la casa de mi abuela era un lugar mágico y sobretodo el «alto», un lugar en el que cobraban vida las aventuras más emocionantes, su ubicación se encontraba en el hueco existente entre el techo de los dormitorios y el tejado, se trataba de un desván, granero, y segunda cocina con horno incluido y que era utilizado para cocer el pan una vez a la semana.

Nada más abrir la puerta, arrancaba una escalera en la que los pasos resonaban de distinta manera, llegando a la nariz aromas muy conocidos a pesar de mi corta edad, la cebada en un olor que picaba ligeramente en la nariz, el trigo era mucho más amable, su aroma era menos agresivo, además había olores dulzones de los melones y sandías que dormían entre el trigo para facilitar su maduración. La llegada del invierno traía otros olores que predominaban por encima de los anteriores del otoño, entre ellos resaltaba el olor inequívoco del adobo de la matanza, los chorizos, salchichones y perniles de tocino colgados en barras para que secasen con el viento frío de la sierra.

Pero eso solo era la antesala del tesoro, una puerta más, y mis pequeñas manos se cerraban con fuerza en la manilla de un picaporte, las puntas de la manilla se clavaban en mis manos, pero eras el sacrificio lógico para llegar a alcanzar el premio deseado.

Un golpe metálico acompañado de un sonido chirriante de las bisagras me avisaba de que el picaporte había cedido, apareciendo la sala en penumbra, con olor a harina y pan cocido.

Conocía todos y cada uno de los muebles y objetos de aquella habitación, una cocina baja para leña, con chimenea que emitía un sonido ululante del viento que deseaba pasar por ella sin conseguirlo debido a una tapa que permanecía cerrada mientras no hubiera fuego en ella.

Detrás de la puerta se encontraban los objetos que tanto me atraían, dos baúles de madera envejecida de color marrón brillante, con herrajes de hierro.

Un último esfuerzo para levantar la tapa y ante mi vista las cubiertas de los libros que llenaban los baúles. Conocía las letras, que con tanto esfuerzo y algún cachete habían hecho que memorizase. A pesar de que los conocía todos, los iba sacando y leía los títulos, miraba las portadas, muy elaboradas, la mayoría libros franceses, traducidos al español muchos años antes de que yo naciese.

Me detenía en uno en el que un hombre montado a caballo lo espoleaba en un camino nevado, el sombrero me recordaba al tricornio de los guardias civiles, su título lo recuerdo todavía «El honrado Fridolin y el malvado Tierry», de una época que me parecía lejana de la Francia napoleónica, pero no me atraía tanto como para leerlo por enésima vez, continué buscando hasta encontrar otro libro de pastas crema, mucho más ásperas y con dibujos más burdos, Roberto el Diablo.

Que según contaba mi abuela había llegado a matar a un hermano para conseguir el reino, y otras muchas cosas que podían llegar a escandalizar a cualquier padre de hoy si viese a sus hijos leerlo a esa edad, pero a mi me resultaba gracioso, además sabía que después mi abuela me explicaría todo aquello mientras cosía. Extendería sus piernas para que me sentase sobre sus pies que colocaba apoyando los talones en el suelo para que me sentase en ellos, mirando hacia ella, mientras me contaba las hazañas realizadas por Roberto el Diablo. Hasta que no fue mayor no descubrí que ese personaje existió realmente en el siglo XI, Roberto I Duque de Normandía.

Este Roberto de la historia no me gusta. Sigo creyendo que la historia de los libros de texto es menos real y mucho menos atractiva que las «historias» que se narran en las novelas.

Inocencia prohibida

La calle se había llenado de gritos y carreras, en ella parecía haberse dado cita a toda la chiquillería que se apresura a elegir líderes para que se encarguen de reclutar a sus equipos para iniciar un juego nuevo.

Mientras todos los muchachos se mantenían atentos a los dos lideres tratando de elegir a los más aptos para el juego elegido.

Haciéndose el distraído, un niño se separa del grupo, tal vez no le interesen esos juegos o haya descubierto otro mucho más atractivo.

La pesada aldaba con forma de mano agarrando una bola de hierro, cayó sobre la puerta claveteada. Un momento que le supuso toda una eternidad, al niño que mantenía la mirada en suspenso esperando que se produjera el temido y ansiado sonido que en su mente se convertía en todo un estruendo. Pasan unos segundos, en los que el corazón palpita con fuerza, invadido por oleadas de placer que recorren su pequeño cuerpo.

Llega el tan esperado estruendo, y después... nada, la mirada acusadora del resto de niños que juegan distraídos, una carrera desenfrenada... nervios... y una risa estentórea finalizando con un suspiro de alivio, y carcajadas de sorpresa de quienes habían participado en la carrera, para evitar que los culpasen, sin saber con exactitud lo sucedido.

Los monstruos

¿Quien no ha sentido en su cuello el aliento de esos seres infectos? Creo que se trata de una pregunta retórica, pero lo mejor de todo es que al volver la cabeza, el monstruo ha desaparecido.

Pronunciar su nombre solamente puede producir terror, unido al placer morboso de lo que sentimos que nuestra seguridad se encuentra en sus manos.   En los tiempos en los que yo era niño, en mi pueblo había monstruos escondidos en muchos lugares, y lo más curioso es que los puñeteros se escondían siempre en los lugares más peligrosos.

***

La carretera asfaltada, marcaba con su color oscuro el límite del pueblo. Era bien sabido para todos los niños, que más allá de esa línea se alzaba lo desconocido, el territorio en el que los monstruos habían creado su reino. El monte cercano cubierto en su inicio por carrascos, que servían de pared otros árboles más frondosos, como encinas y robles, cargados de bellotas grandes, apetecibles para los niños más pequeños, y a pesar del interés por este fruto, ninguno se atrevía a acercarse ni a la mitad del camino, porque según decían las personas mayores, este lugar estaba poblado por grandes lobos.

Ninguno de nosotros los había visto pero todos los niños de mi edad podíamos asegurar sin miedo a equivocarnos que existían. Las historias sobre aquellos terribles animales eran el centro en las conversaciones en las largas noches de invierno, en las que los vecinos se reunían en tertulias, con un café de puchero,—o mejor dicho un caldo negro, producto de hervir cebada tostada y achicoria— bajo una parpadeante bombilla de luz amarillenta, que hacía crecer las sombras hasta límites insospechados.

Era en este ambiente en el que las historias de los habitantes del bosque, cobraban vida y su imagen crecía en mi mente y los veía entrar en la casa por cualquier resquicio por el que pasaba el viento, el ruido del cristal de una ventana que había perdido la masilla que lo sujetaba a la madera, era otra puerta abierta, —dudo que eso mismo no le pasase a cualquier otro niño de mi edad— trataba de evitarlo tapándome la cabeza con sábanas y mantas, hasta que el calor me obligaba a sacarla nuevamente para respirar con fuerza, hasta quedar dormido tratando de que la luna fuese misericordiosa, y enviase un rayo de su luz que acabase con la oscuridad.

La carretera también tenía su peligro, y sus habitantes, no era recomendable acercarse a ella. Muy cerca vivía otro ser terrible, se trataba de un hombre de unos dos metros cubierto por una capa negra. El «Sacamantecas» que se dedicaba a raptar niños y extraerles las grasas del cuerpo,—aunque a mi en aquel tiempo no debería tener mucho que sacar— la verdad es que se trataba de otra historia de realidad indiscutible.

A pesar de todo, cada vez que miraba desde la cumbre del monte en el que no se sabe quién tuvo la «feliz idea» de construir el pueblo, y que a otro se le ocurrió — y esta idea sí que fue feliz— construir un castillo escenario de juegos de caballeros andantes dispuestos a combatir a los caballeros faltos de honor.

El castillo era el punto desde el que podía verse la terrible frontera, y yo necesitaba urgentemente realizar una expedición investigadora para descubrir a tan terribles criaturas que ningún niño de mi edad había logrado ver.

Mi amigo el gigante

El desvan mi lugar de visita obligada, para dejar volar mi imaginación. En él se encuentran los seres más fantásticos a la vez que invisibles, escondidos en la madera de las vigas ennegrecidas por el fuego antes de construir la casa, para que según me contaba mi abuelo no anidasen en ella esos vichitos tan desagradables, que son capaces de destruir toda la madera que encuentran a su paso.

Yo no decía nada pero no estaba de acuerdo con mi abuelo, porque durante la noche aquella madera gemía como si no se encontrase comoda en la posición que le habían hecho adoptar, o tal vez es que el techo pesaba mucho, Sea como fuere, aquel lugar tenía su encanto, para un niño de no más de cinco años, podía pasar en él durante horas entretenido en las historias creadas por mi imaginación, con un aliciente más, por una pequeña tronera tenía acceso al tejado, en el que podía permanecer sentado en el caballete observando lo que sucedía en la calle, sin que nadie me viese.

Además de todo aquello, había un objeto que me atraía, ante el que me arrodillaba fervorosamente, acariciando los herrajes negros de aquel viejo baúl, no se trataba de un objeto cualquiera, la imaginación era capaz de convertir a aquellos hierros en los brazos de un gigante que guardaban todas las historias que me contaban antes de dormir. Abrir su tapa requería toda mi fuerza para abrirla, todavía recuerdo el dolor en la articulación de la mano agarrando un hierro articulado por una bisagra. La pesada tapa cede debido al impulso utilizando la cabeza como soporte, para ir extrayendo uno a uno los libros que duermen en el vientre de su amigo el gigante

Madre, quiero ser estañador

Alguien dijo:«Ten cuidado con lo que pides, no sea que se cumpla». Los deseos de los niños son cambiantes, pero la figura del estañador la tenía muy marcada entre mis aficiones.

Una de esas aficiones estaba representada por un señor sin domicilio fijo, que se dedicaba a arreglar pucheros y cacerolas, agujereadas, tras haber recibido mil golpes, debido a su uso.

Este personaje se paseaba por las calles del pueblo rodeado por una «zurriburri» de chiquillos propagando sus servicios a viva voz, anunció coreado por los chiquillos. Haciendo saber a quienes necesitasen de sus servicios acudiesen al punto en el que tenia montado su pequeño «taller» itinerante:

—El estañadoooor y paragüero. Se arreglan pucheros, cazuelas y todo tipo de porcelana...

Esta era la llamada que me hacía correr a buscar a aquel tipo de buhonero que clavando una barra en el suelo, que le servía de yunque, encendía una hornilla, y sentado en una piedra, esperaba pacientemente a las mujeres provistas de cacerolas agujereadas, para ajustar el precio del arreglo.

Para mí era un entretenimiento, ver todas y cada una de las actuaciones del hombre que, con dedos negros debido al uso del aguafuerte, el estaño, la lima, el fuego y el martillo, unido todo ello a la escasez de agua que pasaba por sus manos, tapaba el agujero con precisión milimétrica. Agachado junto a él, escuchaba sus historias, de viajes, noches durmiendo en pajares, o cuevas, o simplemente arropado por la luna.

La observación de la manera en que llevaba a cabo los arreglos me servía para crear mis historias, reproduciéndolas en los juegos, un bote de conserva vacío me servía para hacer mi hornilla y mantener un fuego real, con sarmientos, dejando que penetrase el aire por unos agujeros hechos con un clavo herrumbroso que golpeaba con una piedra. En un momento me convertía en un trotamundos, un paria de la sociedad sin obligaciones, sin tener que ir a la escuela, ni obedecer a mi madre, con la que mantenía un pulso constante.

Me gustaba el fuego, los hierros candentes, el carburo y la escoria del hierro fundido. Debía ser porque nací encima de una fragua, —literalmente— ya que el dormitorio de mis padres se mantenía caliente en invierno por la chimenea de la fragua que había en los bajos de la casa, y aunque se encontraba en desuso, todavía estaba el yunque y los martillos, la rueda de arena de afilar, con la que mantenía mis batallas, intentando hacerla girar con el pie, y ella respondía con amabilidad permitiendo que la pudiera mover en un ligero vaivén.

El destino es un ser burlón y se encargó de que cumpliera con ese deseo. Después de muchos años, mi vida laboral transcurrió durante muchos años en una fábrica de cacerolas.

La fragua

Hacía ya muchos años que en la vieja fragua había dejado de escuchar el golpeteo del martillo sobre el yunque, o los sollozos del fuelle al hincharse con la entrada y salida del aire, y todavía mantenía los olores propios a carbón quemado y a la escoria del hierro fundido.

El yunque clavado en un tronco grueso se mantenía esperando a que un brazo fuerte se decidiese a empuñar el martillo que descansaba en espera de crear una composición de sonidos que diesen vida al taller.

En esta fragua descubrí cómo se aguzaba un punzón o una reja para el arado, o como se movía la rueda de afilar, o me colgaba de una cadena para poner en funcionamiento el fule que permitía mantener vivo el fuego, todavía quedaban unas pocas piedras de carburo en un bidón cerrado, aprendí a abrirlo con un destornillador que a mi edad creía que solamente podría usarlo un gigante.

Aquellas piedras se deshacían si las mantenía mucho tiempo fuera del bidón, y además me gustaba lo que pasaba si las tocaba el agua o las escupía, en ese momento producían calor, porque misteriosamente el agua hervía, y desprendía un olor muy fuerte que me resultaba bastante agradable

No hubieran pasado de ahí las cosas, si no le hubiera dicho nada a Moises, un vecino mayor que se puso muy contento y me enseñó a hacer una especie de bomba, con aquellas piedras metidas en un bote viejo de conservas.

Aquello resultó de lo más interesante, la adrenalina se disparaba al saber que se trataba de un juego muy peligroso, y según decían algún niño había perdido una mano o hasta un brazo al hacer que el bote se elevase de una especie de volcán.

Todavía recuerdo a todo un grupo haciendo un agujero en la tierra, después de cerrarlo con el bote cargado con sus piedras de carburo, un niño acercando un sarmiento encendido para correr hasta un lugar protegido, un momento de espera... y salían el interior del agujero cubierto por tierra el bote que con un estruendo se elevaba en el aire para caer a tierra, haciendo que se formase una algarabia en la zuriburri de niños que habían estado esperando la voz de ¡Fuego! Al portador del sarmiento encendido.

El gramófono

No podía dejar de lado a aquel dia al viejo instrumento del que salía una voz desde lo más profundo de sus tripas. Eso es lo que creía yo, al escuchar la voz grave de un hombre que cantaba desde no se qué lugar, y eso que ya me encargaba de mirar a través de una ventanita cubierta por un cristal que aquella máquina tenía en uno de sus costados de madera pulida. No veía a nadie y el hombre continuaba cantando, hasta que comenzaba a hacer giros extraños con la voz obligándome a salir disparado de la habitación.

*****

El chirrido, producido por la aguja en cada uno de los giros, que daba disco de vinilo al quedar atrapada por la rayadura que le impedía pasar al siguiente microsurco. En cada vuelta la voz de Carlos Gardel pronunciaba su inolvidable «Volver», repitiéndolo una y otra vez mientras lo permitiese la cuerda del antiguo gramófono de madera, con una ventanita acristalada por la que mostraba su maquinaria, mientras que machaconamente la voz deformada de Gardel comenzaba a alargar su «Volveeeeeer».

Ya no sentía miedo de aquel aparato, había dejado de buscar a través del cristal, al hombre que cantaba y que con toda seguridad se encontraba dentro de ese artilugio demoniaco, sus intestinos, pulmones y corazón, deberían de ser todas aquellas piezas enroscadas que podía ver en su interior.

Debería de tratarse algún ser extraño, el que gritaba por aquel extraño aparato en forma de embudo, miraba al perro sentado que lo escuchaba sin moverse. No se cuantas veces leería el texto que había debajo del perro. La Voz de su Amo, después volvía a mirar al perro, sin perder de vista a la ventanita.

En aquel momento mis juegos eran mucho más interesantes, me encontraba solo en casa,— aunque completamente solo no es que me encontrase— a mi lado compartía mesa y comida con mi mejor amigo, digo compartía mesa porque los dos nos encontrábamos tumbados debajo de la mesa compartiendo un plato de porcelana desportillado, repleto de un guiso de patatas, que tan solo un momento antes, había decidido no comer por cabezonería, sin embargo en aquel momento me estaban sabiendo riquísimas, tal vez sería porque ambos comíamos con la mano, no necesitábamos cubiertos porque cubiertos, ya nos encontrábamos debajo de la mesa.

La música dejó de sonar, las suelas de las zapatillas de mi madre produjeron un sonido inconfundible, su mano retiró una silla bajo la que me estaba resguardando las piernas y su voz estentórea me hizo salir disparado.

— ¿Qué haces ahí comiendo con el gato?

Parvulario

Tengo algún recuerdo vago del día que llegué, —o mejor dicho, me llevó mi madre—a aquel edificio desvencijado que hacía las veces de la escuela de primeras letras, todavía me acuerdo del mapa, un soporte de madera con barras cargadas de bolas, que servían para contar, con distinto color las que completaban la decena.

Mi material se componía de una pizarra, —una placa de piedra de pizarra negra, enmarcada por unos listones de madera de cantos redondeados, y provista de un agujero del que mi madre había colgado un trapo blanco— y el correspondiente pizarrin, para poder garabatear en la pizarra, al recordarlo siento dentera por el ruidito que producía el dichoso pizarrin al frotar con él la superficie de la pizarra.

El trapo servía para borrar lo escrito o garabateado —para ser más exactos— y no es que fuese muy eficaz, pero la invención de los niños es infinita y siempre terminaba limpiando aquel material con saliva y la manga del jersey, que no se porque motivo borraba mucho mejor que el trapo.

La cartilla completaba mi material escolar, que a pesar de su escasez, fueron unos años de mucho trabajo, hasta alcanzar el nivel exigido en la «escuela de mayores».

Las primeras letras

—Enséñale al chiquillo las letras.

—Ahora mismo, madre.

Sentado en una silla de madera, hecha a la medida, el niño de corta edad se apoyaba en un banquito también de madera, que le servía en ocasiones a su abuela acceder a la repisa más alta de la alacena, en el que descansaba un extraño libro, que le llamaban «Cartilla».

No le gustaba permanecer sentado por obligación, era la misma silla en la que se sentaba para dejar vagar la imaginación por mundos mágicos llenos de bestias, princesas y príncipes con espada.

A pesar de todo, se encontraba contento, eran sus primeros contactos con las letras. Aprender aquello tan raro, equivalía a que ya no tendría que leerle su abuela los cuentos, y al mismo tiempo resultaba duro tener que acudir, todos los días corriendo para terminar con el aprendizaje de aquellos garabatos. Resultaba mucho más agradable ver a su abuela con el libro de cuentos en la mano, sentada en una silla baja extendiendo sus piernas colocando un pie sobre otro para que sirviera de asiento al pequeño, que escuchaba atento el desarrollo del cuento.

La voz de su tía lo sacó del ensimismamiento, un dedo calloso, duro, avezado a las labores duras del campo, señalaba la primera letra, el niño se entretenía mirando al dibujo de una niña que abría la boca como si tuviera sueño, él abría la boca igual que aquella niña, pero no logró que saliese el sonido, se rascaba la cabeza para eliminar los picores que le producía el estado de nervios, sacándolo del aprieto la voz de su tía:

—Esta es la letra A, mírala bien y recuérdala.

Miraba el dedo índice de su tía, detenido en aquella extraña figura puntiaguda con un travesaño colocado en el centro, «¡aquello era la letra A!».

El juego ya no le resultaba tan interesante, no pudo detenerse a pensar en los parecidos que le venían a la cabeza, el dedo se movía hacia otra figura rechoncha, con tripa, que se parecía al gancho que usaban para colgar al cerdo el día de la matanza, aunque este gancho estaba al revés. Con una nueva explicación trataban de hacerle comprender este otro dibujito.

—Ves está otra letra, también es la «a». Tiene la forma de un zapatito.

Nuevamente miró la figura que señalaba el dedo. Su tía decía que también era la letra «A» y no le encontró parecido, volvió a mirar a la niña que no le resultaba tan graciosa, a su lado vio este nuevo dibujo ganchudo, en su cabeza se mezclaban las dos figuras. Algo comenzaba a bullir bajo su pelo, un sinfín de pequeñas patitas le producían picores que no desaparecían por más que se rascase. Se movía en la silla deseando que se terminase pronto aquello, todos los ruidos que oía en la calle le atraían, de nuevo la voz de la tía le sonó como si se tratase de un trueno:

—¿Qué letra es esta?

La respuesta salió de su boca automáticamente sorprendido de haberlo hecho:

—La «A»

Su mano se dirigió de manera inconsciente al bolsillo del pantalón, sus pequeños dedos tocaron la superficie de madera mezclada con una cuerda, se levantó del duro asiento, y echando a correr se dirigió hacia la puerta de dos hojas, manteniéndose cerrada solo la inferior, apoyo su pie en un grueso travesaño y en un impulso, saltó por encima de la hoja cerrada, perdiéndose en la calle, introdujo nuevamente la mano al bolsillo buscando a su salvador.

Inmediatamente la sacó enarbolando una trompa que hizo volar libre de su cuerda que permanecía sujeta a los dedos del niño, mientras la trompa iniciaba su danza circular emitiendo su arrullador zureo, en el suelo de tierra prensada.

Memorias de un caballo de cartón

Aunque hace ya muchos años que vine a este mundo, todavía recuerdo la primera noche de mi vida consciente. Es cierto que tan solo soy un simple caballo de cartón, que debo soportar los golpes de cualquier niño que pretenda subirse sobre mi lomo.

Me escondí como pude en el fondo del armario que me servía de vivienda ocasional, al escuchar unos pasos rápidos que se acercaban. Mire por la rendija formada por la puerta entreabierta del armario en el que me encontraba, y lo vi...

Un niño se unos cuatro años paso corriendo, arrastró una silla hasta la ventana, pude darme cuenta de su excitación al escucharle hablar de los Reyes Magos.

Me transmitió esa misma excitación al darme cuenta de que mi vida real comenzaría a la mañana siguiente.

Seguí observando al niño que al parecer hablaba con alguien a quien no podía ver, traté de ver de quien podía tratarse, hasta que escuché al niño decirle «madre». Fue en ese momento en el que descubrí que solo podía comprender a los niños. Los adultos habían perdido la capacidad de comunicarse.

El niño continuaba hablando mucho más excitado si cabe:

—¡Ya oigo los caballos!

Comprendí que se trataba de los caballos en los que se acercaban los Reyes Magos, debía tratarse de seres de mi misma especie, sentí el entusiasmo del niño, y comprendí que alguien había elegido acertadamente mi destino. Después se hizo el silencio.

Un rayo de luna azulado iluminaba toda la habitación, frente a mi armario, una cama turca. Algo en mi interior me indicaba que se trataba de mis últimos momentos de tranquilidad, y al mismo tiempo que me esperaba una vida corta y llena de alegrías.

Una voz ronroneante hizo que mirase a mi alrededor, para ver que se trataba de un camión de madera de color azul, cargado de unas galletas de barquillo, alargadas y rellenas de una nata dura, y que en ese momento me decía algo que llegó a ser una premonición: «¡BUENA NOS ESPERA!»

La otra escuela

Durante unos cuantos años, mi vida transcurría entre mi casa y la calle. La casa era el lugar en el que pasaba el menor tiempo posible porque siempre me esperaba alguna obligación, aunque entonces creía que se trataba de una escusa de mi madre para que no estuviera correteando por los lugares más extraños que puede parecer en este siglo XXI. En aquel tiempo siempre había algún otro vecino del barrio que esperaba al anochecer para buscar un lugar en el que poder hacer una hoguera para reunirnos a contar cuentos o travesuras de las que habíamos salido indemnes.

Durante el día había otros entretenimientos, alguna casa a medio hundir, en la que podía haber quedado algún «tesoro» abandonado por sus antiguos dueños, y cuando habló de tesoros puedo estar pensando en «casquillos» de bombilla y cables de cobre, que podíamos cambiar o algún artículo más apetecible, a un chatarrero que llegaba una vez a la semana exponiendo en el suelo de la plaza su mercancía consistente en menaje de cocina, pero también tenía tebeos aceptando como pago el cobre que habíamos encontrado en las casas destruidas.

El valor de una peseta

La voz de los presentadores del telediario me acompañan un día más, sin prestarles atención los oigo repetir también un día mas las noticias que han perdido su cualidad de novedosas, y mas recuerdos se van a un pequeño libro de bolsillo perdido en el trastero junto a otros muchos que permanecen apilados o metidos en cajas de cartón, esperando a que me decida a abrirlos para oler el aroma a papel viejo.

Sonrío al recordar la pequeña novela, es decir, una sola escena es la que me hace sonreír, la pugna por la supervivencia de dos tiendas en un lejano pueblecito en el oeste americano.

Este recuerdo me lleva a otra pequeñísima tienda de chucherías, un verdadero edén para los niños de esa época, que nos dedicábamos a hacer continuos viajes.

Todavía vestía pantalón corto, la tan ansiada libertad podía disfrutarla los domingos por la tarde, y no antes de las cinco, hora en la que se producía una reunión de toda la muchachería en la plaza. Nadie convocaba esa reunión y no existían los teléfonos para hacerlo.

Con el último bocado de una merienda impuesta, recorría aquel trozo de calle en cuesta subida a paso rápido con la mano en el bolsillo, y el pensamiento volando hacia la pequeña tienda, de la que lo que más recuerdo son los olores a las aceitunas «sevillanas», envasadas en un garrafón de boca ancha, mezclado con el olor al chicle Bazoka, a caramelos, y al dulzón de los barquillos unido con el tostado de los cañamones que Lucía la titular de la tienda, vendía utilizando un vasito pequeño como medida, a «perra chica» cada medida. Todos esos aromas hacían que mi pensamiento pusiera alas en los pies y mi mano se hundiese más en el bolsillo, cerrándose en un puño que agarraba con fuerza todos los pensamientos, y el medio para conseguirlos. Mi mano se cerraba con fuerza guardando una «peseta rubia».

Pequeños terroristas

Al ver en internet una pequeña cajita de pastillas de clorato potásico, ha venido a la memoria los «entretenimientos» de la infancia. ¡Tan inocentes! ¡Tan puros!
Todo empezó por aburrimiento, los aldabones de las puertas:

—¿Nadie sabe lo que es eso?

Posiblemente muy pocos se acuerden de aquella mano que empuñaba una bola colocada en las puertas de las casas bien, para que las visitas se anunciasen con dos golpes, y para que las bandas de mocosos juguetones nos dedicásemos a levantarla dejándola caer con fuerza antes de echar a correr.
Aquel divertimento se volvió aburrido por la repetición, y porque no hacía el ruido suficiente. Llegó la modernidad y nos trajo el bendito timbre.

—¡Era mucho más divertido!

Sobretodo a determinadas horas de la noche, a esa hora el dichoso timbre producía mayor sobresalto en el interior de las casas, y mayor dificultad para descubrir al «gracioso» en el exterior.

Tampoco este entretenimiento duró mucho, los pequeños investigadores necesitaban emociones más fuertes y llegó el «lumbreras» empollón empedernido que necesitaba sentirse aceptado. En su afán de notoriedad soltó la noticia, que dejó a todo el grupo de niños con la boca abierta, al darse cuenta de que aquel ser tan extraño, «repipi» y empollón, servía para algo más que para levantar el dedo en la clase:

—Necesitamos clorato potásico, azufre y una piedra plana.

A partir de ese momento se multiplicaron la afección de garganta entre la turba infantil, la farmacéutica se quedó sin existencias de las deseadas pastillitas, con las que hicimos multitud de viajes al desván haciéndonos muy amigos del saco maloliente del polvo amarillo, que nuestros padres tenían para el tratamiento de las viñas, el olor del azufre —como tantos otros— todavía permanece en mi recuerdo, unido al del fósforo.

Ya disponíamos de los materiales, el resto había que dejarlo a la imaginación y así salió mi primer artefacto, en vez de machacar una pastilla, pensé que mejor sería hacerlo con dos, también fui generoso con el azufre, elegí el lugar adecuado por su sonoridad que recayó en la puerta de la escuela, en ese momento me acordaba del Sabio Sisebuto que leía en la enciclopedia de Luis Vives. «Con esta ametralladora dijo el Sabio Sisebuto...»

los mil disparos al minuto, se quedó en un solo sonido. ¡Pero qué sonido! Con la sensación de placer en el vientre coloqué el montoncito de la mezcla, la piedra encima y me dispuse a dar la patada que permitiese la combustión y posterior explosión, que se produjo con más virulencia de lo esperado, se rompió la piedra sentí el impacto en la planta del pie y tuve que olvidarme de todo para correr antes de que me pillaran.

Así descubrí que el placer es un bien demasiado efímero. Dura lo que dura.

Jugando a ser Dios

Las hormigas se movían, en un constante ir y venir, ajenas la mirada traviesa de uno de sus mayores depredadores. Era un día como tantos otros del final de la primavera, y también como en otros tantos días, el niño de unos cinco años se entretenía dejando vagar su imaginación sentado en el borde del camino de carros, sobre un caballón de tierra arcillosa que servía de pared protectora, para evitar que un despistado se acercase al borde y se precipitara por el talud, de unos treinta o cuarenta metros.

Conocía perfectamente aquel terreno en el que crecían la tomaza y el tamariz, de los que se servía para descender con rapidez sin tener que dar un rodeo para llegar a sus otros lugares de juegos, además se trataba de su observatorio en el que la mente se perdía viendo ondear las espigas de la cebada en sazón y dispuesta para la siega.

Aquel día había rechazado los intentos de sus dos amiguitas, dos niñas que vivían en la misma calle, y compartian edad y juegos, aquel día habían intentado imponerle los juegos que a ellas les gustaban más, se habían empeñado en jugar a «amorar» ese era el nombre del juego que hoy los niños conocerían como jugar a los papás y las mamás.

El se encontraba harto de que siempre le tocase el mismo rol. El de papá, mientras que sus amiguitas podían elegir el de mamá y el de hija. Además, no aceptó por otros motivos, necesitaba poner en práctica lo leído en un libro extraído del baúl de su abuela. En el que los animales poseían un instinto superior al de los humanos, podían curar sus heridas sin necesidad de que el médico les visitase.

Estaba harto de saber que el médico de los animales es el veterinario, a su mente le llegó la imagen de un hombre grueso, sudoroso, con unas lentes redondas que le llegaban casi a la punta de la nariz, vestido con traje gris, sentado junto al alcalde y otros desquiacerados, sin necesidad de «agachar el lomo» durante todo el día, en la puerta del bar, con un vaso de vermut en la mano en el que mojaban de cuando en cuando los labios.

Inmediatamente desechó aquella idea. A el le gustaban los animales en la selva, Esos sí que se curaban solos. Para comprobarlo buscó a las hormigas, sabía donde encontrarlas porque las vigilaba constantemente, a veces mientras comía su «tomapán»,— es decir su pequeño almuerzo de media mañana— le soltaba las miguitas del «corrusco» de pan elaborado con el trigo de la cosecha, amasado y cocido por su abuela. Sabía que los ejemplares más apetecibles para su experimento eran unas hormigas gordas, conocidas como «aludas» y que servían de cebo para la caza de pájaros con cepo.

Desechaba a otras por pequeñas, unas hormigas rojas que parecía que tenían hambre a cualquier hora, porque si las cogía terminaban mordiéndole en algún dedo, y que las catalogaba como hormigas guerreras, y otras con el culo levantado que por su rapidez las denominaba hormigas de carreras.

Con un palito en la mano buscó a sus preferidas, no había humedad y sabía que no saldrían fácilmente si no disponía del líquido elemento, pero buscó hasta ver el sospechoso montoncito, de pequeñas bolitas de barro seco junto a un agujero, lo retiró con ayuda del palo, dejando a la vista un agujero que agrandó con la punta de su herramienta. Necesitaba lluvia y el cielo no prometía prestarle su ayuda, su único recurso era crear lluvia, aunque fuera artificial, y lo hizo disponiéndose a orinar en la boca del hormiguero, después solamente necesitaba paciencia.

No tuvo que esperar mucho, una a una fueron apareciendo las tan esperadas «aludas», esperó un poco más hasta elegir a su preferida. Una hormiga grande de color negro brillante y provista de unas alas suaves y casi transparentes.

Un manotazo del niño dejó al pobre insecto conmocionado, renqueante, el estado optimo para que despertase la ternura en su agresor, que había preparado un agujero en el suelo, cubierto de yerbajos y margaritas, donde depositó a su presa. Aquello era un verdadero hospital, eso es lo que él creía, después colocó como puerta un trozo de vidrio que había encontrado y que le permitía ver a su paciente. En ese momento pensó que no necesitaba a los médicos, no más inyecciones. «El podría curarse como los animales», y dejó a su paciente en la improvisada UVI, para que la naturaleza realizase su obra.

Al día siguiente volvió a comprobar el estado de la hormiga, y saltó contento al ver que su teoría era cierta. La hormiga se paseaba por el cristal que servía de tapadera a su cubículo, solo había una pega. Había perdido sus alas.

La casa del moral

Algo tan sumamente insignificante, como pasar por debajo de un moral, despertó en mis sentimientos guardados de otras épocas. Un moral mucho más majestuoso que aquel que tenía ante mi, se encontraba en mi memoria pugnando por salir. Creo que todo se vio multiplicado, reavivando el rescoldo de esos recuerdos el echo de que a mí lado se encontrara Daniel, mi nieto mayor si puedo decirlo así, puesto que tan solo es cuatro meses mayores que Jorge, mi segundo nieto cronológicamente hablando.

Con tan solo tres años y la curiosidad exacerbada, de quien quiere conocerlo todo, ambos son capaces de indagar en los porqués de cualquier tipo de tema en los que no terminen de encontrar su lógica.

Acabábamos de visitar la concatedral de Calahorra, Daniel no se contento con un recorrido por el templo, y quiso volver conmigo en una segunda visita haciendo preguntas sobre lo que estaba viendo.

En la calle, las manchas oscuras en el suelo me avisaron de la existencia de moras maduras, que asomaban entre las hojas del árbol, al borde de la acera, invitándome a que se las ofreciese al niño, con la intención de que conociera otro sabor distinto a los que había degustado hasta el momento, como cualquier otro niño de ciudad desconocía la fruta de sabor extraño, dulce y fresco a la vez, no era uva ni fresa, pero tenía un poco de ambas.

Busqué las más maduras, teniendo cuidado al recoger las que no habían madurado en exceso, coloqué unas pocas en su mano, el niño las miró contento por disponer para él, algo totalmente nuevo, después preguntó instintivamente:
—Abuelo... ¿Se come?

La pregunta del niño me hizo sonreír, al ver su manita abierta, para permitir que colocara sobre ella alguna más de aquellas extrañas frutas. Reí al ver como trataba de explorar su textura exprimiéndolas con la lengua y el paladar, para terminar, masticando antes de dar su aprobación con un gesto de asentimiento. Sus labios habían adquirido un tono morado y él contento les explicaba a sus padres que había comido moras.

Hacía calor y el sol se encontraba declinando, alargando las sombras de los árboles. Como si se tratase de algo ya vivido hacía años, surgió la nostalgia, los recuerdos se dispararon llevándome a mi pueblo, en un día de verano de idénticas características, geográficamente me encontraba a menos de veinte kilómetros, a pesar de que temporalmente era toda una vida, viendo a Daniel me vi a mi mismo mirando hacia la copa del viejo moral, que se encontraba frente a la puerta de mi casa. Sabía que pertenecía a la casa de mis vecinos, una casa que lindaba con la que yo había nacido. Sus dueños que entonces me parecían mayores, no pasarían de la cincuentena, pero para mi ya eran viejos.

Florencio, un hombre de genio vivo y Juliana, una mujer amable, delgada, que recogía con un moño su pelo canoso, tirante, para finalizar sujetándolo con una peineta de color marrón. Era tuerta de su ojo izquierdo, debido a un accidente, —decían que una piedra lanzada con mala fortuna le había dado en el ojo, y por eso tenía la cuenca vacía—. Sus hijos ya eran mozos, el mayor a punto de casarse, le seguían otros tres escalonadamente, pero era el pequeño, Moises, —calculó que en ese momento tendría unos catorce años— el que se había convertido en mi mentor, e inductor de travesuras.

Con él aprendí que tipo de animal era un hurón, y como cazaba, a sentir el contacto de su pelo fino y escurridizo, sus patas que se afianzaban con fuerza a mi brazo, sentía en mi piel sus uñas pequeñas y picudas al presionaba con ellas en un intento por introducirse en el hueco de mi costado, buscando una escapatoria, aparentemente se acurrucaba en el brazo doblado y pegado a mi cuerpo, para ir estirando el suyo como si tratase de hacerse más delgado, —era curioso sentir los pequeños músculos distendiéndose sin sentir avanzar a sus patitas— solo movía el cuerpo a la vez que alargaba su cuello, buscando no sé qué objetivo, con su hocico prominente, en una cabecita triangular.

Aprendí que debía poner un poco de saliva en mi mano, que el animal lamía inmediatamente, a darle de comer huevos cocidos y sobre todo a guardar el secreto de que los había visto, se trataba de un secreto a voces, todos lo sabían y nadie decía esos animales existían, —estaba prohibido cazar con «bicho»— aprendí que tampoco debía decir nada cuando los cazadores salían al campo con una capa de nieve que permitiera seguir las huellas de los animales.

Florencio y Juliana, eran mis vecinos, los dueños del moral que tanto atractivo tenía para mi, y para todos los muchachos del barrio y creo que de todo el pueblo. Pasaba muchas horas en esa casa, y en esos momentos Juliana trataba de sorprenderme moviendo con la punta de su lengua la dentadura postiza para hacerla girar en el interior de la boca, para mí aquello era mágico, yo lo intentaba y mis dientes de leche no se movían. En la época en la que las moras estaban en sazón, caían al suelo maduras, su color oscuro era el reclamo para las gallinas que picoteaban sueltas por una pendiente llena de hierbas y matojos, se trataba de una pared de tierra arcillosa, casi vertical surcada de senderos estrechos que permitían alcanzar el nivel inferior, donde se encontraba una explanada abierta al sur y bien protegida por esta pared, de los vientos del norte, circunstancia que aprovechábamos para hacer una hoguera en las primeras horas de la noche, utilizándola para que un tropel de chiquillos nos reuniéramos a contar cuentos al amor de la lumbre, y si alguno era previsor podríamos asar alguna patata, requisada discretamente del montón de verduras que nuestros padres utilizaban como comida para los cerdos.

Pero antes había que hacer una visita al moral tratando de subir hasta las ramas más altas del árbol, probar el valor de cada uno atravesando una barrera de espino, que circundaba la base de la copa del árbol.

¡Cuánta ropa rasgada en el intento de atravesar la barrera! A mi corta edad tenia la experiencia suficiente, recordaba perfectamente las enseñanzas de mi mentor. Conocía el punto vulnerable de los espinos, pero no disponía de la estatura suficiente para alcanzar mi objetivo. Conocía mis pros y mis contras, y los demás conocían también las suyas y la más temible era una vara de mimbre manejada por Florencio, y todos sabían que no la utilizaba conmigo.

Por eso realizábamos un trabajo comunitario, me hacían subir a los hombros del segundo muchacho más alto, el más alto y fuerte se colocaba «a cuatro patas» al lado del árbol, haciendo que mi portor me izara sobre su espalda, de esta manera podía agarrarme a las primeras ramas y realizando una pirueta con las piernas quedaba colgado de la rama como si fuera un simio, después un giro con el cuerpo para quedar sentado y a partir de ahí podía introducirme entre las ramas para recoger las moras más altas y más gordas. Solo hubieran servido para los pájaros.

Unos extraños sueños

Nací en un pueblecito de apenas setecientos habitantes, en una España de posguerra. No sabía que 22 años antes de mi nacimiento había sido inventada la televisión, la radio era un lujo que existía en pocas casas del pueblo.

Ya había cumplido seis años, lo recuerdo porque aquel año 1954 acabábamos de cambiar el domicilio. Una casa más grande al otro lado del pueblo, también ese mismo año había comenzado el curso, —es decir, el mismo día de mi cumpleaños, el 31 de enero, después del desayuno, mi madre habló con el maestro y dejé de ser un párvulo para ser un novato en la escuela de los «mayores»— si es que a eso puede llamarse iniciar el curso.

Un año de nevadas, y de cristales decorados con ramos de hielo, y un año también del inicio de los sueños recurrentes, en blanco y negro, en los que un tropel de niños en perfecta formación entrenaba golpeando con sus pequeñas manos en cubos llenos de agua helada. Es posible que ya había visto alguna película, aunque no lo recuerdo bien, pero esa imagen me sigue acompañado apareciendo en muchos momentos a pesar de la edad, sobretodo en las meditaciones antes de practicar mi entrenamiento de artes marciales.

Todos los días visitaba a mis abuelos, un nuevo trayecto que recorría absorto en mis pensamientos sin escuchar las voces de los locutores de Radio Nacional que traspasaban las ventanas. Recordando mis sueños, o tal vez dirigido por ellos golpeaba las paredes con el canto de mis manos, buscando los estucados más rugosos. Mientras que una vocecita interior dirigía los golpes con un sonido que retumbaba en mi interior y después decía. —¡Golpea más! Para que se hagan fuertes.

La senda de los elefantes

Era domingo, me encontraba y como cualquier otro domingo contento, mi madre me obligó a lavarme en el balde, que tenía para hacer la colada, tuve que restregarme bien las piernas que terminaron rojas por la fuerza que tuve que imprimir para hacer que se fueran las marcas de las rodillas, lo tenía muy claro, si no lo hacía yo lo terminaría haciendo ella, utilizando mayor fuerza y seguramente me lo explicaría con algún pescozón.

Aguanté con estoicismo las pasadas del estropajo, sintiendo que a mí me trataban injustamente, tenía que estar un rato metido en aquella agua y al final terminaban saliéndome arrugas como a la tia Eleuteria y no es que fuera de mi familia, sino que a todas las personas mayores tenía que decirles tío o tía, solo al cura, al maestro el practicante, el médico y alguno más eran Don. Fulano o Don Mengano.

Otro motivo que tenía para aguantar aquel suplicio es que sabía que era festivo, realmente los días en mi mundo se dividían en días de escuela y festivos, y en este grupo se encontraban los domingos, era obligatorio ir a misa porque si no lo hacía, me convertía en la presa de cualquier desaprensivo mayor de treinta años que se creía con el derecho de cogerme de la oreja y hacerme entrar en la iglesia, eso si, el no entraba, pero añadía siempre una coletilla odiosa:

—Ya se lo diré a tu padre.

Así que encima del tirón de orejas pasaba todo el día y a veces toda la semana corroído por el miedo.

Después de la misa llegaba lo mejor, jugar en la plaza, unas aceitunas «sevillanas» una anchoa sacada de la lata con un pequeño cuchillito que venía en el mismo envase, y luego ver la cartelera de la película que exhibían esa tarde en el cine, y que ya había visto la calificación en la puerta de la Iglesia en la que no aparecía el fatídico 3R o el 4. El título en la cartelera junto a los cuadros puestos en un soporte sobre las escenas de la película era, La Senda de los Elefantes.

Llegó la tarde tan esperada, me había ganado algún coscorrón que otro, pero había conseguido la «perra gorda» para el tíquet de entrada, la fila para entrar, una carrera hasta el gallinero y salieron los elefantes enfadados porque les quitaban su camino que habían utilizado toda la vida, el final era fenomenal, al tonto aquel que quería pararlos se lo llevaron por delante luego una música y THE END, ya entendía que aquello quería decir FIN.

Aquella noche no pude dormir por el viento tan fuerte, me despertaron los trinos de los pájaros que parecían decir:

—Hay que ir a la escuela.

No tardó en aparecer mi madre para que me diese prisa, un día más. Olía a café recién hecho en el puchero marrón de un asa, luego un tazón de loza el café con leche con las sopas de pan del día anterior que había amasado mi abuela en su horno de leña.

El frío de la calle, un viento fuerte se había aliado con mi madre, impulsándome para llegar cuanto antes a la escuela, seguía recordando a los elefantes de la película, el viento jugaba a impulsarme con fuerza, un poco más adelante una pared de un corral totalmente derruida por el impulso del viento, un susto de muerte y pensé: «han pasado los elefantes».

La comadrada

Este nombre me trae recuerdos a merienda campestre, a sol de finales de invierno y principios de primavera y al anuncio de la cuaresma, en la que no podía comerse carne, y según la normativa de la época, ni caldo de carne, aunque a mí eso del caldo no es que me atrajera demasiado, pero siempre había algún subterfugio legal con el que podía dejar en un solo día eso de no comer carne. Esta época de prohibiciones a las que me costaba adaptarme, a mis cinco o seis años estaba habituado, a hacer mi «voluntad». Prohibición de disfrazarnos, prohibición de hablar en voz alta de cualquier tema que el máximo regidor del pueblo lo estimaba ofensivo para el gobierno o la iglesia.

Olor a aceite nuevo, y a chorizo de la última matanza, mientras escucho el sonido del tenedor al chocar con el plato de porcelana para batir el huevo que va a terminar convertido en una tortilla de chorizo, de un color amarillo intenso alternando en algún punto con el rojo oscurecido del chorizo a su paso por la sartén.

Mis recuerdos crean imágenes, de un niño sentado en una silla baja, —todavía siento en mis piernas la textura del asiento de paja entrelazada, de color amarillo brillante, alternando con trozos blancos por el roce de las posaderas—insalivo mientras observó a mi abuela preparar la tortilla, que servirá de merienda a los nietos que no sabemos todavía el lugar elegido para la celebración de la «comadrada», una celebración muy antigua en la que las madres y abuelas preparaban una merienda a base de huevos y chorizo.

En origen se trataba de una fiesta de mujeres, pero con las prohibiciones durante la posguerra, seguramente las mujeres decidirían mantener la tradición convirtiéndola en festividad infantil, —esto último es una suposición mía—, la tortilla terminó en una fiambrera de aluminio, y lo más cerca que estuvimos del campo fue lo alto de la gavillera, a la que había que acceder por una escalera de mano, en la que cuatro niños celebramos aquella «comadrada» sentados sobre una base de gavillas sarmientos, añorando mis correteos por los campos alfombrados, por los brotes verdes de cereal sembrados durante el invierno.

Verano

Mi maleta

Vi amapolas

los recuerdos navegan

por mar de trigos

Calor, final del tiempo de estudios y comienzo de las batallas para no dormir siesta, correteos por el campo en busca de nidos, mientras los adultos siegan.

Unos intentos de libertad que no dudaban mucho, porque, la voz de mi abuelo retumbaba en los alrededores de la finca y el poco viento llevaba mi nombre hasta mis oidos, obligando a mi conciencia a valorar lo que debía hacer en ese momento. Sabía que la llamada de mi abuelo estaba cargada de obligación y de aprendizaje.

Su amor por la agricultura, le hacía que intentase enseñarme todo lo que el sabía sobre la tierra y los diferentes cultivos, en aquel momento su atención estaba en hacerme aprender a darle las manadas de trigo o cebada —no recuerdo ahora el cereal — y enseñarme a hacer los haces y la manera de atarlos con un vencejo de centeno que sembraban con esa finalidad.

Era el único cereal para el que continuaba utilizando el trillo de pedernal, con la única finalidad de que no existiesen cuchillas

que deteriorasen la paja que serviría para atar los haces del trigo
o de la cebada

El tiovivo del verano

Al ver la fotografía de un viejo artilugio olvidado, lleno de
herrumbre, ha hecho que se despertasen en mi, recuerdos de
hace muchos años.

Se trata de una máquina ya obsoleta, considerada como una
antigualla, fue la sucesora del trillo de pedernal, que había
permanecido útil durante siglos.   Esta antigüedad desconocida
para las nuevas generaciones supuso una novedad para la mía.
Herramienta de trabajo para los adultos y de distracción para
los niños.

Días de sol y calor. Días de mirar al cielo con el doble temor
de que apareciesen nubes y descargasen sus vientres henchidos
de agua, que empapase las mieses, que formaban la parva en la
era, y un segundo temor, que no apareciese el viento que
ayudase a separar el grano de la paja, una vez efectuada la trilla.

La trilla. Esta era la parte divertida del verano. Un tiempo de
vacaciones, en el que el sol era mi despertador, mi madre no se
molestaba en despertarme. Seguro que estaría pensando que
cuanto más rato pasase en la cama, menos tiempo tendría para
idear travesuras.

La verdad es que esperaba sólo el momento de ir a la era,
correr por una alfombra acolchada de mies, descubrir si se
trataba de trigo o cebada, por el picor en la piel, que producía el
polvo de esta última al adherirse con el sudor. Una carrera

detrás de esa antigua plataforma hoy herrumbrosa, pero en aquel momento brillante y subir de un salto en ella, retando a la ley de la gravedad para permanecer de pie sobre ella, con las piernas abiertas, sintiéndome como el capitán de un velero que navega sobre las olas.

Si a eso le añadía la confianza de mi abuelo que se mantenía sentado ante mi, para que su espalda sirviera de escudo en caso de un movimiento brusco de las caballerías que realizaban la labor de arrastre de aquel «tiovivo» un tiro de dos machos, uno tordo y otro bayo, el tordo al exterior para dirigir y realizar un círculo perfecto. Todo eso lo sabía de sobra y me gustaba mucho más observar el movimiento cadencioso de las herraduras brillantes de ambos animales, que parecían de plata al incidir los rayos de sol sobre ellas.

Vuelta tras vuelta con paradas para «tornear»—es decir darle vuela a la «parva» llegando la parte divertida, la paja semi triturada había creado montículos que, al navegar sobre ellos, podía imaginar que lo hacía sobre un mar embravecido, hasta llegar a una calma chicha, que indicaba el final de la diversión.

Era el momento de pedir a los cielos que enviasen un ligero viento para iniciar la lluvia de grano cayendo verticalmente al suelo, y el vuelo de la paja para ir a depositarse más lejana con suavidad, como si no quisiera molestar al grano que habían arropado durante el tiempo de maduración en la finca.

Robinson durante tres horas

Ya no recuerdo el motivo por el que se enfadó mi padre conmigo, seguramente por algo similar al resto de los días, a pesar de ese olvido sí recuerdo las consecuencias.

Era un día como tantos de verano, de calor insoportable, debería tener unos siete años. Lo deduzco, porque me he ido habituando a medir mi edad por los hechos que marcaron mi vida.

Un cambio de domicilio a los seis años, la Primera Comunión a los ocho, de este último evento, no tengo recuerdos felices. Solo recuerdos. No me vistieron de marinerito, ni de príncipe como el de las galletas.

La del castigo era la época en la que «debía», y hago énfasis en esta palabra debía de portarme bien y acudir a la catequesis, y este es el dato en el que me baso para fechar mi edad. —Como he dicho antes, no recuerdo el motivo del enfado de mi padre, pero debió ser algo grave, porque a diferencia de mi madre, nunca me dio un cachete.

Seguramente se trataría de algo que estuviera relacionado con mi hermana, —tres años mayor que yo—, y que en ausencia de mi madre quería ser ella la que ocupase su puesto, siendo una educadora severa conmigo.

Ahora me río porque no se daba cuenta de que la universidad en la que me había graduado «cum laude», era en la de la calle. Además era un devorador del Antiguo Testamento, Abraham y su peleas con las tribus, los Reyes, Josué, etc. y algo mucho más goloso para mí, la pugna por la primogenitura entre Esaú y Jacob, yo no compraba mi derecho por un plato de lentejas, directamente agarraba a mi hermana por el cuello y la aplastaba contra la pared, para obligarle a aceptar que yo era el mayor, por tanto me figuro que sería algo por el estilo lo que pude hacer aquel día, para que mi padre inusualmente se enfadase con migo y me despachase de casa, creyendo como persona adulta, que me asustaría y pediría perdón por mi mal comportamiento. Pero lo que no sabía aquel «Bendito de Dios» que me estaba dando la manumisión.

Mi primer momento de libertad, y tenía que celebrarlo, y como el toro que huye de la plaza, busca su cañada para volver al origen, me dirigí a mi antiguo barrio, en el que había nacido y en el que conocía todos y cada uno de los recovecos.

Lugares en los que las gallinas sueltas acostumbraban a hacer alguna nidada, una casa en ruinas en la que entraba a través de un ventanuco y tenía escondido mi tesoro, es decir un cuchillo oxidado, un pedazo grueso de cristal, de la parte inferior de una botella, y con el que había aprendido a hacer fuego, alguna cuerda, y algo muy interesante, una honda.

Lo peligroso de aquella zona es que podía verme mi abuela y sabía que, si pasaba eso, volvería inexorablemente al redil.
Conocía las huertas y los aboles estaban repletos de futa, esa sería mi comida, después podría dormir en las cabañas para aperos que abundaban en el campo, y más tarde me dirigiría hacia el monte, como aquellos maquis de los que oía hablar en voz más baja a mis padres durante la cena, que llevaban años escondidos en las sierras de Asturias.

No había contado con el demonio tentador. Mis amigos de siempre estaban jugando al «taco» se trataba un trozo de tacón de zapato, redondeado, que servía para sacar monedas o chapas de botellas de bebida, aplanadas, dc un círculo, demostrando la destreza del lanzador. Era una herramienta que todos los chavales en el bolsillo, y claro, me quedé jugando, podía posponer mi viaje por un poco más de tiempo.
No tardó mucho en aparecer mi hermana, sofocada y desde luego muy preocupada. Al verla supe que habían revocado mi manumisión.

Aquellos maestros

Realizar un ejercicio memorístico sobre los maestros de los años cincuenta del pasado siglo —al escribirlo suena a un tiempo demasiado lejano, el «in illo tempore» del evangelio—, me obliga a realizar un repaso por cada una de sus características físicas

Don Eliseo, un hombre pequeño, calvo, con gafas redondas de carei, y cristales gruesos, no pudiendo evitar que tratase de contar los circulitos que veía en ellos al mirarlo de frente, ahora me recuerda a Homer Simpson, —entonces no sabía nada de ese tal Homer— sus dedos manchados de nicotina eran mi otro punto de observación, y no era por su color marrón rojizo, sino porque agarraban un trozo de madera —que en sus mejores tiempos había servido para sujetar las patas de una silla—,y que llevaba escondida con la falda de una bata guardapolvo de color grisáceo mientras andaba por los pasillos que formaban las filas de pupitres de dos plazas.

Don Justo, era un maestro joven, y debido a su edad con ideas un tanto revolucionarias para aquella época, Fue quien puso a mi alcance colecciones enteras de libros, solicitando del Ministerio de Educación Nacional —¡menudo nombre tan rimbombante! — una biblioteca itinerante, ¡y se lo concedieron!

En compensación había que hacer algunos trabajitos ensalzando el Espíritu Nacional, pero todo sea por los libros, en mis manos cayó Virgilio, Homero, Torcuato Tasso con su Jerusalén liberada, o Ariosto con su Orlando Furioso, me convertí en un auténtico devorador de historias, por las que debía abonar un real para leerlo, y rellenar una ficha. Aquellos libros se convirtieron en enemigos acérrimos de las Enciclopedias, y al final consiguieron ganar la batalla, aunque aquellas enciclopedias se convirtieron en los libros de bachiller y hubo que estudiar.

Mi primer dia de escuela

Acababa de cumplir seis años, iniciaba una época nueva, no recuerdo haberme despedido de mi profesora de educación infantil. ¡Ya era mayor!

Se acabaron los bancos corridos, la pizarra –una plancha negra enmarcada en madera– con posibilidad de ser utilizada por las dos caras, una barrita blanca que servía para escribir o dibujar, ¡un pizarrín! Era el equivalente de los lapiceros «Faber Castell» que utilicé ya de mayor en mis clases de dibujo, pero con toda su fama, no era un pizarrín, algo más importante que un «clarión» esto último era un pedazo de yeso arrancado de cualquier casa en ruinas.

En esa primera época completaba mi material de escritorio con un trapo, seguramente cortado de un pedazo de sábana vieja que servía para borrar los garabatos realizados en la pizarra.

Claro está que aquel artilugio necesitaba una pequeña ayuda para que hiciese un buen trabajo profesional, un poco de agua para humedecer el trapo, es cierto que a esa edad no importaban tanto los medios, la inventiva de un niño es infinita, no hay agua, no importa.

Siempre existe algún tipo de líquido al que recurrir, lo más fácil cuando una raya mostraba su resistencia, el remedio consistía en un escupitajo lanzado con fuerza para poder frotarlo enérgicamente con el trapo, pero podía pasar que se hubiera perdido el trapo. Sigue sin haber problema, un buen sustituto era la manga del jersey o de la camisa.

Todo aquello quedaba atrás, el día que cumplía seis años, me acuerdo del día, como en otros cumpleaños mi madre me hizo para desayunar chocolate y churros, era invierno y me ayudó a lavarme, comenzaba el ritual sujetando mi cuerpo contra la fregadera de granito pardo, sus manos surgía a mi espalda evitando que me escapase, no existía el agua corriente por tanto no había necesidad de grifo para que saliese un chorro de agua fría, recogía el agua con sus manos de una palangana para frotar mi cara y orejas con movimientos enérgicos, haciendo que en mis pómulos reflejasen un aspecto saludable, después me peinaba marcando una raya recta como hecha con tiralíneas, terminando con un golpe suave con el canto del peine en mi «tufa» —es decir en el flequillo del pelo— siguiendo con la revisión de mi ropa limpia al salir de casa, y no tanto a mi vuelta.

Era día de estreno, una cartera nueva de piel de color marrón, en su interior, algo terrible, una enciclopedia, junto a mi Caton ya conocido, un cuaderno suplía a mi querida pizarra y algo que me gustó mucho, un estuche azul, muy bonito, un matrimonio de gatos llevaba a sus hijos a la escuela y más abajo podía leerse «¡Quelle famille!» Lo abrí y ¡había de todo!

Y ese de todo se componía con un lapicero, una goma Milán el mango de una pluma con una imagen de la Torre Eiffel, con un circulito en el que se alojaba un visor con distintas imágenes de Paris, con una plumilla limpia y con una punta impresionante. Me acompañó hasta mi nuevo destino, es decir me agarró de la mano tirando de ella cuando remoloneaba para retrasar un poco el fatídico momento.

Aquello no era como el edificio anterior, acababan de construir la nueva escuela con el patronazgo del mayor accionista de unos conocidos laboratorios y en pago habían puesto su nombre encima de la puerta.

No había remedio, sentí un último tirón en mi mano y decidí aceptar lo inevitable, se abrió la puerta apareciendo un hombre pequeño, de frente amplia que le llegaba hasta la mitad de su cabeza, los cristales de sus gafas me parecieron mágicos, creaban círculos en mayor o menor cantidad dependiendo del punto del que los mirase, sonrió al verme y pude ver los dientes marrones haciendo juego con su corbata y las manchas de sus dedos. No me causó asombro porque ya sabía que ese color era producido por el tabaco de «cuarterón» o del «caldo de gallina», vestido con traje oscuro que protegía con un guardapolvo de color gris, lo que realmente me impresionó de él fue la regla que llevaba en su mano izquierda y con la que se entretenía dando golpes a un ritmo regular contra la pernera del pantalón.

Incongruencia

Aquella mañana de la primavera de 1956 me dirigía a la escuela sin saber el problema que se me avecinaba. Formación ante la bandera para entonar el archiconocido «Cara al sol», que había que pronunciar con claridad cada una de aquellas palabras incomprensibles en su mayor parte. Las palabras vacías mantenían su rima permitiendo que las voces de todos los niños creasen un sonsonete ayudando que la mente pudiera planear los juegos del recreo, mientras que continuaba cantando en tono muy alto para evitar que la mano del maestro cayese rápida para darme un sonoro pescozón.

Comienza la clase y después de un contenido revuelo par air sentándonos en los pupitres, el maestro dice algo, y ahora que soy mayor pienso que lo había planeado de mala leche:

—REDACCIÓN SOBRE UN CUARTO DE BAÑO

Aquello era demencial, mis necesidades las hacía en el corral o en cualquier descampado, no necesitaba un cuarto en el que tenía que trabajar para acarrear el agua con la que llenar la cisterna, o el cubo para vaciar el agua en la taza después de hacer las necesidades.

Entregué mi cuaderno totalmente en blanco. Y en contra partida gané un castigo injusto, porque seguramente aquel maestro recién salido de la Escuela de Magisterio no había pensado que mi felicidad pasaba por no disponer de cuarto de baño.

La leche de Mr. Marshall

Mr. Marshall llegó por mí pueblo con una idea equivocada. Pero ¿que idea podía tener, si con toda seguridad no sabía ubicar a mi pueblo en el mapa? Como era bueno para los zangolotinos de su ejército, creyó que la leche en polvo americana era mejor que la de cabra o vacas la de oveja, que la mayoría de los alumnos de la escuela desayunaba en sus casas, con el único trabajo de haberla ordeñado y hervido.

También creyó el tal Marshall que el queso y la mantequilla embotados era mucho mejor que la gruesa capa de nata puesta en una rebanada de pan con azúcar espolvoreada, hubiera dicho:

—¡*Oh my god this is glory*!

Que vete tú a saber lo que quiere decir. Aunque pensándolo bien, ¿para qué quiero yo hablar el anglo ese? ¿Si en mi pueblo solo se hablaba un riojano que tampoco se entiende en muchos sitios? En la misma Villa y Corte, es decir en Madrid, ¿Cuántas veces me han preguntado si soy Navarro o Aragonés? Pues mire «usté» soy del medio, mitad, eso es lo que les contestaba a un abogado del Ayuntamiento de Madrid, allá por mayo de 1969. «¡Casi ná lo que ha llovido desde entonces!» Unos años más que otros, pero así es la vida. Pero volviendo al Mr. Marshall. No me extrañaría que al «paisano ese» le hubiera gustado la nata de la leche y una buena tostada de pan con ajo, aceite y un poco de sal, que tampoco estaba nada mal.

Pero vamos con lo de lo del pacto americano. Cada mañana tenía que ir a la escuela provisto de mi jarra de aluminio, y espera a la hora del recreo para formar en una fila, hasta llegar a un tremendo caldero humeante de un líquido blanco hecho de agua y unos polvos que a alguien le dio por denominarlo leche.

Dos compañeros de los de más edad, me miraban con una sonrisa taimada, provistos de un cazo grande que introducían en aquel caldero de chapa galvanizada, para llenarlo de aquella leche que muchas veces olía a quemado, esperando que colocara la jarra para que volcasen en ella el contenido de aquel cazo, bajo la atenta mirada de Don Elíseo, a quien temíamos por sus enfados cuando no sabíamos contestar a las preguntas sobre la lección del día.

Adelantaba mi mano diestra tímidamente, sujetando la jarra que hacia descender cuando la intentaban llenar del brebaje, hasta que el maestro me sujetaba la mano para que no tuviera tembleque, todo ello bajo la mirada vigilante del cuadro del dictador, laque habíamos cantado aquel «Cara al sol» y con la jarra llena marchaba corriendo para que no me obligasen a beber el líquido antes de llegar al patio, y encontrar una pared. Como si no hubiera otro lugar, esa pared era el punto de reunión de todos los que sentíamos la necesidad de aliviar la vejiga, para crear en la pared la mezcla del líquido blanco y la orina que descendían en cascada hasta crear una mezcla espumosa en el suelo.

El horno

Hacía mucho calor, y no comprendía la manía de mi madre para que durmiera la siesta. Mi vida era la calle, esperar a mis amigos para idearnos algún juego que nos permitiera adentrarnos en un mundo de fantasía.

Pero mi madre no cedía, y mi mente trabajaba sin cesar para encontrar una solución. Me molestaban las explicaciones de que el sol era malo, que podía tener una insolación, o aquello que tal persona había muerto de eso mismo, —si la gente moría por el sol, ¿Porqué debía ir a dormir? En la cama muere más gente— Estos y otros pensamientos semezclaban en mi pequeño cerebro.

A mi corta edad no es que hubiera visto a muchos muertos, pero si lo oía a los adultos que hablaban mientras me dedicaba a jugar sentado en el suelo, pensando que un niño no se entera de nada, pero había visto parir a las cabras y a las vacas, sabía que las mujeres se ponen gordas porque tienen un niño dentro. La verdad que era un misterio como habían entrado, pero salir salían.

Me lleve una decepción al ver a mi perra «encolada» con un perro, sabía lo que hacían y no me gustó, porque era un perro muy feo. Mi perra era... mi perra, la más bonita del mundo canino. Sabía cazar serpientes, y no permitía que un animal peligroso me atacase.

Pero lo mejor era cuando paria, no dejaba que nadie se acercase a sus cachorros, solo yo podía hacerlo, eran regordetes y buscaban mis manos con sus hociquillos húmedo, y yo jugaba a ser Aníbal, colocaba unas pequeñas cajas sobre sus lomos.
Eso estaba muy bien, pero el verano era para estar en la calle, correr y buscar casas en ruinas, y una vez encontradas,

ver la manera de entrar en su interior, siempre habría por algún lado un ventanuco que por pequeño que fuera utilizaba una teoría:

—Si cabe mi cabeza, puede pasar el cuerpo.

Y así era, metía la cabeza y miraba al interior, el olor a polvo penetraba por mis fosas nasales y aquello era muy estimulante, tenía que hacer algún giro para que pasasen los hombros, y una vez conseguido mi cuerpo era absorbido por el interior de aquellas ruinas, mis amigos esperaban en el exterior pero si yo había pasado, existía una ley no escrita a la que nos aferrábamos y era la cobardía, hoy la llamaría inconsciencia, pero los necesitaba para dar el siguiente paso, había que buscar el lugar más recóndito en el que poder dar una nueva muestra de «valor», se trataba el horno donde en cada casa antigua se cocía el pan, una puerta negra metálica con letras grades, en relieve formando un círculo que ocupaba la mayor parte de espacio de la plancha metálica, había que abrirla accionando una palanca provista de un peso, para lo que necesitaba a dos de mis amigos, uno debía hacer de banquillo, apoyando rodillas y manos en el suelo y otro subía encima haciendo que descendiera la palanca para que la puerta subiera dejando expedito el paso.

Extrañamente el interior estaba limpio, en el predominaba un olor particular, una mezcla de carbones y masa de pan. No tardaba en introducirme y una vez dentro me colocaba sentado en el suelo, el techo redondeado transmitía una sensación agradable, después la puerta comenzaba a bajar y se hacía la oscuridad, a lo lejos oía los comentarios de mis amigos, sobre cómo quedaba el pan y los asados de los días de fiesta, y después todo quedaba en silencio hasta que decidían volver, chirriaba el mecanismo, subía la puerta y la prueba se había superado.

Volví a la realidad y mi madre continuaba intentando

acostarme. Había planeado escaparme, pero ella lo intuía y se acostó en mi cama colocada contra la pared. No podía hacer nada, porque tenía a un lado la pared y al otro el cuerpo de mi madre, pero tenía dos aliados, el tiempo y el cansancio de mi madre, luego mi amiga paciencia me permitiría ir con cuidado, pasar por encima de la barrera una pierna, apoyarme con ella en el otro lado y pasar en silencio, coger tan solo los pantalones, llegar a la puerta, y correr por la calle vacía.

Los resboladeros

Para la inmensa mayoría, la palabra «resboladeros» suene mal, o tal vez haya alguien que se ría, y creo que es lo lógico. A riesgo de que me llamen inculto, continuaré utilizando el lenguaje de mi pueblo en la época en la que era un niño. Y en la que me estoy apoyando para recuperar esa actividad mental que me obliga a escribir estos recuerdos.

Nací un 31 de enero a las ocho de la mañana en un día de nieve, llegué a este mundo encima de una fragua. –Que nadie piense que esto es literal– El dormitorio de mis padres se encontraba encima de la fragua de un herrero, utilizando como estufa la chimenea de la fragua que pasaba por el interior de la pared.

Este hecho habrá marcado de alguna manera mi carácter —digo yo— después de tantos años todavía recuerdo el olor a las escorias del hierro, el sonido del martillo al golpear el yunque, el olor penetrante y enigmático de las piedras de carburo, con las que aprendí a crear pequeñas explosiones enterrándolas en el suelo con tierra mojada.

El «Barriocuchara» así todo junto, sin puntos ni comas y sin respirar al nombrarlo, mi zona de juegos y campo de batalla. Tres calles escalonadas que circundaban el pueblo y que nos servían para nuestras constantes peleas en las que la adrenalina se disparaba, al mismo tiempo que los «grijos» volaban entre silbidos preocupantes avisando de su cercanía.

A unos treinta metros de mi casa, se encontraba otro espacio de juegos, muy concurrido por toda la muchachada. El «juegopelota» terraplenes y cuestas de tierra arcillosa pobladas de «tambarices» y matojos, muy apropiadas para representar la acción de la película del domingo anterior.

Todo esto no tenía el mismo atractivo que una ladera de arcilla roja, al lado del «juegopelota» que separaba mi calle de la del nivel superior.

Era el punto de reunión de todos los muchachos, que lo utilizábamos como campo de iniciación de neófitos y reto de veteranos, sin importar las luchas o los niveles sociales. Se trataba de los «resboladeros», una prueba en la que los más veteranos imponían las normas, los más pequeños se dedicaban a buscar botes y latas de conserva en su mayor parte oxidados, pero que servían para recoger agua en la fuente más cercana, y por si no era suficiente utilizaban las bocas para poder acarrear un poco más.

Al llegar a la ladera vertían el agua creando un «regacho» una línea húmeda que después se convertiría en pista de patinaje, seguidamente comenzaban los «probadores» que se agachaban flexionando las rodillas, con su trasero a punto de tocar el suelo, utilizando de patín la suela de la zapatilla del pie izquierdo, y con la pierna derecha estirada haciendo que la suela de la zapatilla de ese pie lo guiara en la bajada.

El probador pedía más agua, mientras los porteadores de botes soltaban su contenido por la línea marcada, generalmente nadie llevaba ya agua en su boca, porque había ido a parar a la vejiga. Se necesitaba más agua y el recurso más socorrido era aportar la orina. Un nuevo río espumoso se unía a la tierra y al agua dejando la pista preparada para la prueba.

Uno a uno los contendientes iniciaban su bajada por un desnivel de no menos de cuarenta y cinco grados. El desnivel, unido al suelo arcilloso y al líquido, hacían que la pista se convirtiera en la superficie más insegura que pueda imaginarse, los que llegaban victoriosos al final llevaban el trasero del pantalón lleno de barro y los que habían rodado sin lograrlo, la suciedad cubría toda su ropa, amen de rodillas y brazos raspados con manchas de sangre que daban pruebas de su valor y poca destreza.

Lo siguiente era eliminar la capa de barro adherido, y para eso se contaba con la ayuda de un arbusto, la «tomaza» que servía de cepillo de púas duras, que con movimientos adelante y hacia atrás, ayudaba a retirar el barro seco del fondo del trasero del pantalón, pero quien se encargaban realmente de esa operación, eran las zapatillas de las madres.

La campana del reloj

Las agujas del reloj de la iglesia precipitaron todo su peso sobre el número romano que marcaba el medio día, este golpe marcaba el movimiento de un un martillo que golpeaba inmisericorde a una pequeña campana colocada en una plataforma por encima de la esfera, encargada de dirigir la vida del pueblo.   Un sonido vibrante, más a estaño que a cobre, contrastaba con otro sonido grave de la campana que anunciaba la hora del «Ángelus». Como si hubieran dado la señal de salida, la plaza se animó llenándose de vida.

Niños correteando o sentados en el suelo de cemento, pelotas, aros, trompas, todos estos artilugios unidos a las carreras de los verdaderos dueños de la calle que aprovechaban el verano para dedicarse a aquello que mejor sabían hacer. Jugar.

Pero el verdadero centro neurálgico era la fuente, a su alrededor se reunían mujeres y jóvenes hablando de infinidad de noticias y chismes, mientras esperaban que un lánguido chorro de agua llenase el cántaro de barro que seguidamente colocaban en su cadera para transportar el preciado líquido y verterlo en la tinaja que ocupaba el rincón más alejado de la cocina.

Entre todas las voces destacaba la de Rosa, una jovencita con sus facultades mermadas, pero con una inteligencia innata para los negocios. Experta en el transporte de agua, que alquilaba sus servicios al módico precio de diez céntimos por cada cántaro transportado, consiguiendo en el día a día, más que su padre deslomándose de sol a sol.

Defendía a capa y espada su turno para llenar el cántaro de agua, su boca ligeramente deformada se encontraba siempre dispuesta a emitir una voz chillona defendiendo sus derechos, aunque para hacerlo tuviera que mutilar algunas palabras, para ir pronunciándolas a saltos.

Solamente en las frecuentes discusiones con los muchachos de su edad, decía una palabra con toda claridad que salía de su boca como un disparo:
—¡Estúpido!

Un niño corrió aprovechando el cambio de un cántaro lleno por otro vacío, para poner su mano bajo el grifo y lavar un trozo de chicle que había encontrado pisoteado en el suelo y que agarraba con dos dedos como si se tratase de algo muy preciado. Mientras lavaba o simplemente remojaba el hallazgo, Rosa descargó sobre el cuello del niño un sonoro pescozón como cobró por no haber respetado el orden de la fila.

El martillo de la campana del reloj golpeó por última vez convirtiéndose en un sonido lastimero arrastrando la vida de la plaza.

Un anciano sentado en un poyo de cemento en aparente letargo abrió los ojos, dejo vagar una mirada nostálgica por la pared lisa, en la que un cartel semi despegado era su único decorado. Compartía la soledad de la plaza con un perro famélico que olisqueaba los rincones como si añorase otros tiempos en los que sus antepasados caninos se acercasen a esa misma pared a saciar su sed con el hilo de agua que les regalaba un grifo mal cerrado, dirigió una mirada al reloj comprobando que habían sido doce las campanadas y apoyándose en su bastón se dirigió con paso renqueante hacia su casa.

Mi viaje astral

Al ir extrayendo recuerdos del cajón de la memoria, va saliendo alguna vivencia de la Expo de Sevilla, y según lo que me cuenta mi duende interior entre risas traviesas, este pequeño relato corresponde a un viaje intergalactico.

Tengo que decir en mi descargo, que fueron unos días agotadores, corriendo de stand en stand y sus correspondientes filas de espera, para terminar en el Planetarium, con butacas reclinables.

Después de una nueva espera, se apaga la luz y se oye una voz grave, en of:

—Relájense

Obedecí esa orden y comencé a introducirme en el agujero negro, acelerando el trayecto a otros mundos.

Mi regreso fue de manera brusca al encenderse nuevamente las luces, y ver al resto de espectadores riendo al pasar por mi lado.

Día de fiesta

Acabo de encontrar una vieja fotografía, que provoca la aparición de los recuerdos de un tercer domingo de septiembre, de hace ya muchos años, según mis recuerdos, aquel disparate sucedió en la plaza, a la que acudía de tarde en tarde, porque a esa edad los mundos en los que me movía, se encontraban entre cuestas y desagües de aguas sucias y jabonosas, pero con un universo de animalitos que hacían de ellas su habitat, y mi «laboratorio» de Ciencias de la Naturaleza, lleno de hormigas, mosquitos, cucharetas, y lagartijas.

El día en el que me hicieron esa fotografía, o mejor dicho un reportaje completo, unas solo y otras en grupo con la familia, pero en todas ellas abro los ojos sin comprender el motivo por el que tenía que quedarme quieto.

Se celebraban las fiestas patronales, y desde el punto de la mañana comenzaba el sufrimiento. Una gran olla de agua sobre la chapa de la cocina, que se iba calentando poco a poco, para ir a parar a un tremendo balde metálico, que me esperaba con paciencia abriendo su enorme boca desdentada y sonriente, con la que parecía decir:

—No tengas miedo, que solo es agua.

Si...si, agua y jabón, una pastilla envuelta en papel amarillo y que había aprendido a reconocer por sus letras y su aroma «Flores de Guris» y una esponja que en manos de mi madre se comportaba como una lija,

Después llegaba un nuevo suplicio la ropa nueva, la que se usaba para los domingos. El pantalón con la raya bien marcada, que no se adaptaba a la pierna, el cuello de la camisa que molestaba de puro duro que había quedado con aquellos polvos tan horribles —el dichoso almidón—. Otra prenda que sigue sin gustarme, la chaqueta de punto. Daba lo mismo que aquel domingo de septiembre hiciera o no calor. Si a mi madre se le «ocurría» que había que llevar chaqueta y calcetines. No se hablaba más. No valían las protestas ni las lagrimas que según ella tenía un nombre, «Lágrimas de cocodrilo», terminado la discusión con la misma cantinela de siempre:

—A la iglesia hay que ir con chaqueta.

Completaban el atuendo los susodichos calcetines de hilo blancos y unos zapatos, también blancos, y por si fuera poco al final me peinaba trazando la raya con tiralíneas.

Después llegaba la misa. Hombres a la derecha y mujeres a la izquierda, en mi caso tenía que ir con mi madre porque tenía la mano más ligera y no me permitía subirme al banco de la iglesia, ni sentarme en el reclinatorio del banco de adelante, De esta parte me quedan pocos recuerdos, seguramente los habré borrado de mi memoria, —puede que lo olvidase por el trauma del disgusto —pero si me acuerdo de la procesión, los cohetes y un cuadro del Hecce Homo que se desenroscaba en medio de una traca pirotécnica. El último suplicio, es esa fotografía que he encontrado en la caja metálica de los caramelos de la Viuda de Solano, la dichos fotografía que ya entonces me parecía ridícula, y lo dice mi cara seria porque lo del «pajarito» le parecería una tontería.

Marcaba a aquel señor que se colocaba detrás de un trípode con una extraña cámara y que lo primero que hizo es colocarme una montera grande sobre mi cabeza y que se me terminó cayendo unas cuantas veces. Creo que por el pescozón que recibí, aquel fotógrafo creyó que lo hacía adrede, por eso no se si me daba más miedo el toro o el hombre de la cámara.

Otoño

Encontrando a mi niño»

Preocupación

a la luz de la hoguera

el tiempo vuela

Mi primera infancia se desarrolló en un ambiente rural, en el que la calle, y los animales formaron parte de una vida en libertad, o al menos sin más preocupaciones que la consabida reprimenda —a la que ya me había acostumbrado— al llegar a casa, después de unas horas desaparecido.

Desde esa edad el otoño tiene para mi valor de inicio de año, el cambio de hora que creemos tan moderno, se lo debemos al cocieron de Franco.¡Quien lo iva a decir!

Es tiempo de recolección de la uva, de colores amarillos, verdes y teja de las hojas de parra, tiempo de las primeras nieves, y de juegos entredos luces, de clases particulares para adultos con nombre particular. «La vela» que toma su nombre de ese artículo que fue desbancado por la bombilla, cada alumno debía aportar su vela para la clase nocturna, y de ahí su nombre.

Otoño era también tiempo de parejas en las esquinas «pelando la pava». Época de festividades relacionadas con los difuntos, para lo que debíamos echar mano de las remolachas que servían de forraje para los animales, vaciarlas dándoles forma de calavera, para lo que se necesitaba nuevamente la ayuda de la vela para colocarla en el interior dando un aspecto enrojecido, como si se tratase de una terrorifica alma del purgatorio.

La «vendema»

Me gusta recordar momentos de mi infancia, —alguien dirá que me estoy haciendo viejo y tiene razón— pero soy de La Rioja y me gusta cuando puedo hablar en riojano, es decir, introducir las palabras que he escuchado desde que era niño, y que eran de uso común, y pese a que en aquel momento pensaba que no era correcto utilizarlas, años más tarde me di cuenta de que este lenguaje era parte integrante de mi y de mi familia.

Septiembre y octubre son por antonomasia meses de vendimia, todavía de noche comenzaban los ruidos de pies que trataban de no despertar a los niños, aunque en mi caso no llegaban a conseguirlo. Las calles se llenaban de los ruidos característicos de las ruedas de los carros y de las voces de los hombres unciendo a las caballerías. Mi madre había encendido el fuego en la cocina ya era de las modernas y que todo el mundo las conocía con el nombre de «económicas». Reconocía todos y cada uno de los sonidos, el olor a café hervido en el puchero, el chisporroteo de unos huevos fritos en la sartén metálica, ennegrecida en su parte exterior por el fuego y con un interior reluciente.

Sabía que después irían apareciendo otros miembros de la familia, que se unían en cuadrilla para facilitar el trabajo, tomarían unas pastas y una copa de licor, un orujo para los mayores y anís o coñac para los jóvenes, después iniciaban un largo camino de hasta más de dos horas para llegar a la viña antes de que saliera el sol.

No me había despertado para nada, aprovechaba el momento en el que oía llegar a mi abuelo, con su manera característica de arrastrar los pies, esperaba un poco más hasta que oía tras él la voz de mi tía Angela, una de las seis hermanas de mi madre. Era el momento esperado para saltar de la cama y aparecer en silencio en la cocina abarrotada de gente.

Gritos de mi madre para que volviera a la cama, mi padre la secundaba, pero al final se oía la risa de mi abuelo y lo que más me interesaba en ese momento, su sentencia que como si se tratase de un juez era obedecida sin discusión.

Ahora creo que a pesar de su cara seria mis padres estaban a punto de reírse. Sea como sea yo sabia que mi abuelo sería mi salvador, y escuchaba su orden con placer, se dirigía a mi tía diciéndole:

—Angela, viste al chiquillo y montaos en el carro. Encárgate de él.

Sabía que sería un día en el que mi abuelo intentaría enseñarme cosas de la uva, de las cepas, la tierra etc. Pero esperaba algún momento en el que pudiera ir a buscar nidos de pájaros, o tirar piedras y jugar a ser un caballero andante. Mi premio sería ir a la bodega y pisar la uva que habían cortado durante la mañana y que cesto tras cesto, irían volcando en los comportillos, llenar el lago, y una vez lleno pisarla.

Olor a mosto, los pies descalzos sintiendo el tacto del raspón de la uva, y al final el sonido del primer mosto entrando en la pila.

Comenzaba el tiempo de las prohibiciones, el mosto pasaría a la cuba y una línea imaginaria estaría cerrándome el paso al calado de la bodega, al parecer era el dominio de un monstruo de nombre «Tufo» que se alimenta del aire.

El diezmo de la tierra

Los recuerdos surgían suavemente, aromas, sonidos, la espira de una cuba abierta soltando un chorro oscuro que se diluía en tre malvas, teja y cereza, creando en esa caída la espuma que estimulaban otros recuerdos.

Un día de sol en la viña, él todavía un niño, correteaba, buscando los racimos más jugosos, de los que iba arrancando granos, que introducía en su boca para sentir el placer de una explosión de sabores al aplastarlos entre la lengua y el paladar.

Se adentraba entre las cepas sin perder de vista a su abuelo, un hombre severo con las labores del campo, sabía que no podía alejarse mucho, y que en el primer descanso, lo llamaría su abuelo para enseñarle cualquier cosa que creyera de utilidad para el futuro del niño como agricultor. El color de la parra... o el tamaño de los pámpanos, si la uva era tempranillo o garnacha.

La llamada del abuelo no se hizo esperar, el niño dejó sus juegos, lo miró y vio que le estaba mostrando un pedazo de pan.

Conocía aquella clave, sin decir nada corrió hacia donde habían dejado la comida y volvió corriendo con una bota de vino que entregó a su abuelo.

Sabía que comenzaría e mismo ritual que había presenciado en otras ocasiones. El abuelo desenroscó el tapón de la bota, presionó en ella lanzando al suelo un chorro de vino, y después se dispuso a beber, dejando que un nuevo chorro de vino se introdujera en la boca con un alegre gorgoteo.

Después, como si se tratase de una oración, recitó entre dientes:

—Hay que devolver a la tierra una parte de lo que nos da.

Recuerdos de «vendema»

«Sujeta el racimo con suavidad» Esta voz resonaba en mi mente, y a pesar de los años transcurridos siento el aliento de mi abuelo llevando las indicaciones a través de mi oído, entremezclado con otros recuerdos. Zumbido de avispas, sol, las manos pegajosas, un corquete bien afilado para que el racimo no ofrezca resistencia al ser cortado, olor dulzón del mosto mezclado con el olor a tierra. Migas con chorizo, una chaqueta vieja que amortigüe el peso del cunacho lleno de uva.

Cansancio, calor, un trago de vino exprimiendo la bota, para que el vino salga con fuerza y golpee en los dientes creando espuma en la boca, y sabor a vino tinto con un regusto de pez.

El carro cargado de comportillos sujetos por maromas, el sonido de las ruedas del carro con llantas de hierro. Un «huesque» o un «buellao», junto a un arre para dirigir a las caballerías. Una canción lejana acompañando a la marcha del sol por el oeste anuncia que se termina el día en el campo, para iniciar el otro trabajo dejar esa uva en el lago para que por su propio peso vaya «llorando» ese primer mosto cargado de azúcar con olor a hierbas y flores, para dejarlo en la cuba en espera de que cobre vida y se transforme en el nuevo vino.

Calaveras»

Hasta que no he sido mayor no he llegado a saber el motivo de esa costumbre tan extraña del Halloween, en mi pueblo no había calabazas, pero nos sobraba imaginación sustituyendo esa baya por un tubérculo, pero el resultado era mucho más realista, la remolacha termina en punta, al vaciar su interior y ponerle agujeros para los ojos, otro para la nariz y el último para la boca, su forma daba la sensación de que el muerto tenía barba, y poniéndole una vela en su interior le daba un aspecto mucho más terrorífico.

Todos los críos estábamos esperando la noche del día uno de noviembre para salir con las calaveras a pedir unas monedas o pastas o chucherías, no se trataba del consabido juego americano de «Truco o trato», sino el de pedir unas monedas para las Animas del Purgatorio.

Creíamos que de esa manera se enternecería más el corazón de las señoras mayores que por edad estaban cercanas a ese lugar, además ¿Quién no había tenido algún familiar en el cementerio?

Noche de Ánimas

Nubes desgarradas que invitan al cierzo

las calles vacías, sombras... el silencio.

Y de cuando en cuando, se mete hasta adentro

un golpe sonoro, que corta el resuello.

Encogiendo el alma, provocando al rezo

y entre los murmullos del gélido viento

se oyen los responsos. Miserere Deus.

Noche de difuntos, mágico momento

la Santa Compaña se adueña del pueblo.

La calle se llena de suaves destellos

y fulgores rojos de velas de sebo.

Golpean aldabas manos de mozuelo

pidiendo limosna que paguen los duelos

salvando las almas de los que murieron

En lúgubre noche con risas y juegos

cálido alboroto de chicos pequeños

en danzas rituales, viviendo el misterio

mueven sus guadañas blancos esqueletos.

Girando, brincando, pasos cortos, quedos

y un reloj de arena recuerda en silencio

que ricos y pobres, van al cementerio

Con la comitiva, el paso muy lento

tres pares de monjes, y en andas un cuerpo

de blanco sudario. Lloronas de negro

portan una hogaza, que asegura el rezo.

Monedas de plata, en ojos del muerto

pagan al barquero el transito eterno.

Los cantos las preces, vuelan con el viento

abriendo camino, anuncia un vocero:

—Recuerden señores que morir tenemos

den una limosna que saque a los muertos

desde el purgatorio y los lleve al cielo.

Siguen tres zagales, pendón en el centro.

Sin que confundamos este sacro objeto

con otros pendones que cobran por serlo.

Laberinto

Nací bajo el signo de Acuario, que según dicen me aporta un sinfín de rarezas. Por si fuera poco, he vuelto a la vida bajo el signo de los gemelos, dos hermanos en pugna para alcanzar la hegemonía, ambos son capaces de amarse o de asesinarse el uno al otro con el cordón umbilical. Hipnos y Thanatos se fueron apoderando ambos gemelos. Sueño y Muerte unidos por el yugo del miedo, dominando un mundo onírico en el que fundan su reino.

Me encuentro tendido en la cama, conectado a las máquinas, que miden sin parar el nuevo ritmo del corazón, esperó sin saber a qué. No hay reloj que marque el tiempo, tan solo una ventana por la que veo un trozo de pared de un patio interior, iluminada por un recuadro de luz, para vislumbrar un mechón de la barba blanca de Cronos, que me sirve para calcular mentalmente las horas.

La luz diurna comienza a empalidecer, para dar paso a otra luz más fría, menos natural, indicando que se acerca la noche y con ella las brumas.

Como si mi cama se transformase en un barco que se hunde en las aguas de un mar tenebroso, me convierto en otro Odiseo, atado al mástil para no ser atraído por los cantos fatídicos de las sirenas.

Desde la masa de sombras, Hipnos emerge tratando de introducirme en las aguas tenebrosas del sueño, en cuyas profundidades espera agazapado Thanatos ofreciendo ser mi guía en el Hades. Sirenas, monstruos y dragones hacen su aparición. Espíritus atormentados que no saben cómo abandonar aquellas aguas cargadas de dolor e incomprensión.

Carteles en los que la esfinge expone sus preguntas absurdas e incomprensibles pero que se muestran con un cruel realismo, a las que trató de responder sin mucho éxito. Nuevos cantos de sirena manifestando el dolor retenido en el ambiente, presión en el pecho producido por la mano dura y seca de un Thanatos que ha buscado refugio en lo más profundo de mi mente, que mantiene vivo el recuerdo del momento en el que mi corazón fue herido por la flecha lanzada por el cazador Orión, y que trata de emerger a la superficie iluminada donde las sirenas se diluyen.

Una y otra vez se repite la tortura y como si me tratase de un moderno Sísifo condenado a subir la piedra por la montaña en un suplicio continuado. Obligado al mismo tiempo a engañar a Thanatos y convertir el mar tenebroso en el caldero del celta Dagda y salir de él como un ser renovado.

Noches de lucha en las que la debilidad dio paso a la rebeldía, deseando luchar contra las normas establecidas por una supremacía de seguidores de Hipócrates. Encerrado en unos parámetros en ese momento incomprensibles para alguien que ama la libertad, que se veía que sus explicaciones no podían encajar en el recuadro bien delimitado de la norma. Tuve que convertirme en junco adaptándome en la tormenta y acallar con fármacos las voces de las sirenas. Deje de ser Odiseo para convertirme en un simple marinero que tapaba sus oidos con un poco de cera.

***

Solo unos días más tarde he podido descubrir la solución al enigma. Como si se tratase de un disco, los recuerdos del trauma que supone sufrir un infarto afloraban a la superficie al iniciar la fase del sueño, por no distinguir a Thanatos de Hipnos.

También esta parte pude superarlo tomando el hilo de Ariadna para introducirme en el laberinto y encontrar la salida.

Obstrucción

No surgían las ideas, había llegado a un punto en su nueva novela en el que nada tenía sentido. Se encontraba en una encrucijada, no encontraba el punto en el que la situación anterior tuviera continuidad.

Releyó los capítulos escritos y se desanimó, se abría un abismo entre dos situaciones y necesitaba crear un puente que las uniera. Su mente era una olla a presión en la que el cocido bullía a borbotones, pero la válvula de seguridad se encontraba obstruida y no permitía liberar la presión:

—No me queda tiempo, tengo que encontrar algo que me haga continuar.

Se dedicó a tomar las ideas que surgían para crear algo nuevo, aunque estaba seguro de que no le servían para solucionar el problema de su novela, la apartó a un lado sin saber si en algún momento la volvería a retomar:

—No te vendrá mal una siesta.

A pesar de todo ello en sus nuevos relatos sucedía lo mismo, cinco capítulos, y el nuevo hijo terminó en el país de los sueños. Incertidumbre, esfuerzos por extraer nuevas ideas que les diera un nuevo punto de vista a sus trabajos, era lo más parecido a un estreñimiento.

Demasiada comida, pensamientos desordenados pugnando por salir formaban un tapón difícil de romper.

Películas, series, libros, actividad en las redes sociales, todo era bueno para tratar de despejar tanta obstrucción:

—¡Se acabó! En vez de ideas solo son «paridas». Mejor dicho, abortos.

Comenzó a mirar a su alrededor, observó a los transeúntes, y su manera de andar, hasta él llegaron palabras sueltas, de conversaciones intrascendentes, y comenzaron a salir frases satíricas, absurdas, optó por escribirlas en su red social y hubo comentarios, continuó pariendo una nueva frase y parió un aforismo que fue abriendo el camino.

Un pequeño chorro de agua que fue rompiendo el brocal de una presa, saliendo en tromba un torrente de «paridas», aforismos o como quiera que se denominasen, llenando en un momento unos cuantos folios.

Tras ellos comenzaron a emerger los viejos personajes que habían sido relegados al «Valle de Josafat». Salían envueltos en masas gelatinosas que había que limpiar para hacer de ellos personajes nuevos, aunque más parecían viajeros de otros mundos que venían a exigir la continuidad de una vida interrumpida por la inexperiencia de su creador.

Cuando las musas danzan

Hace ya cuatro meses que estaba sufriendo un bloqueo, iniciado en el momento de sufrir un infarto. He utilizado distintos medios para tratar de encontrar la llave que abriera la puerta de la mente.

Una novela a punto de acabar y no había forma de continuar, los personajes habían perdido el interés o se encontraban durmiendo una siesta. Daba la sensación de que no había remedio, la fuente de ideas se había secado y no había previsión de nuevas lluvias.

Trate de fortalecer el cuerpo practicando Taichi para volver lo antes posible a mis clases, pero mi cabeza se negaba a abrir el camino dejando paso a las tan necesarias ideas. Retome, el dibujo tomando como modelo dos fotos de mis nietos, de apenas tres años.

Hubo mejoría en la técnica, pero los personajes seguían en su afán por dormir, recurrí a los recuerdos de mi infancia, hasta que lo dejé descansar, tal vez un tanto desencantado al no recibir la respuesta esperada.

Inicie a ordenar papeles sobre escritos antiguos, algunos con más de treinta años. Investigaciones sobre la Alhambra, y un relato sobre el cerco de Logroño en 1521, lo repasé para ver qué es lo que había escrito en aquel momento y encontré al protagonista.

Domingo Gabarri, un jovencito de etnia gitana, hijo de un arriero que sirve a quien quiera contratarle, transmite información entre bandos opuestos, y mercadea con cualquier tipo de mercancías.
En ese momento surgió la idea de retomar ese relato reescribiéndolo nuevamente con más tranquilidad. Llegó la noche… y ¡Eureka! Un insomnio a las cuatro de la madrugada y durante este tiempo Domingo Gabarri, comienza a contar su historia. Continuando su relato las dos noches siguientes. Me apresuro a tomar nota del personaje en espera de que en algún momento quiera contarme lo que realmente sucedió en el sitio de Logroño en 1521

Domingo Gabarri

Corre el año del Señor de 1569, el joven Fernando de Aragón necesita unirse en matrimonio a Isabel de Castilla, existe el problema de que ambos son primos lejanos y deben recurrir al engaño para conseguir la bula pontificia para poder realizar el enlace. Un engaño tras otro engaño, y para alcanzar los deseos de llegar al matrimonio de los dos principes, necesitaban que Fernando pudiera realizar el viaje a Castilla en secreto, y para eso necesitaban a alguien habituado a moverse entre distintos reinos.

La vieja nodriza del principe propuso la manera de realizar el viaje, aceptándolo Fernando por creer que se trataba de una propuesta aceptable, la de unirse junto a un grupo de sus caballeros, a los arrieros que salían para Castilla al día siguiente, poniéndose en manos de Samuel Egipciano «El duque» como lo llamaban los de su etnia, aunque un año más tarde se encontraba al servicio del Conde de Oñate, sirviendo como informador de cualquier hecho que fuese de interés para el Conde, a su vez al servicio directo del Rey Fernando.

La mañana estaba soleada, Domingo Gabarri aprovechaba el incipiente calorcillo de la primavera, para sentarse en el lugar preferido, una losa extraída de las ruinas de una antigua casa que había colocado de asiento, ajustándola a la pared junto a la puerta de su casa, en las Excuevas la misma que había pertenecido a sus padres.

Domingo a sus sesenta y cinco años utilizaba estos momentos para aliviar sus dolencias reumáticas, pero el frío se había introducido en sus huesos de tal manera que no sentía el calor de los tibios rayos matinales.

El calendario decía que era el día 11 de junio del año 1571, pero a Domingo no se le olvidaba esta fecha, conservándola en su mente desde que contaba apenas quince años, a esa edad la vida le dio un vuelco, como todos los años esperaba a todos sus hijos y nietos para reunirse en una comida familiar por la celebración de la festividad del Patrono, inexorablemente aprovecharía la ocasión para contar sus aventuras juveniles y su intervención en la liberación de Logroño del cerco de los franceses otro 11 de junio del año 1521.

Año tras año sus hijos y nueras lo escuchaban con el respeto de un hijo hacia un padre ya anciano, y al mismo tiempo con la benevolencia de quien cree que la mente cansada le estaba jugando una mala pasada.

Desde el lugar en el que se encontraba seguía prestando atención a cualquier variación en el viento, los pájaros u otros sonidos, ayudándole a crear un mapa en su mente, conocía la voz de la tía Cecilia, una matrona de remango y armas tomar, la recordaba en la juventud, las veces que había corrido tras ella para sentir sus carnes prietas en la palma de la mano, conocía el sonido que hacía la ventana al ser abierta, y reía al saber que detrás de este chirrido propio de la madera hinchada por la humedad, esperando que su voz cantarina entonase el famoso y temido, «agua va» seguido de la lluvia de orinas que golpeaban en el suelo creando una marca húmeda que la tierra seca ayudada por el sol no tardaban en convertir en una simple mancha sospechosa.

El ambiente comenzó a llenarse de vida, las palomas salieron en desbandada asustadas por los tañidos de las campanas que inundaron de tonalidades metálicas, creando una nueva escena de vida y sonido, desde su asiento, Domingo reconoció las campanas del cercano templo del Señor Santiago, esperando que le siguiesen el resto de de parroquias, y no tuvo que esperar mucho, las campanas de la Colegiata amortiguadas por el grosor de las murallas en las que se apoyaba su vivienda, comenzaron a anunciar la hora del inicio de la procesión, otros sonidos más lejanos le dijeron que San Bartolomé y Palacio también se habían unido a la celebración, a pesar de haber escuchado todo no hizo ningún movimiento que indicase que había prestado atención. Su mente había iniciado un recorrido interno,en el que los recuerdos habían pasado a otros momentos, aunque su cuerpo seguía sentado, un tanto encorvado, dejando que la barbilla rozase su pecho, con las manos sobre las rodillas tratando de trasmitir el calor que le faltaba a su cuerpo, pero que todavía mantenía rescoldos en su espíritu.

Un observador hubiera dicho que se trataba de un hombre en el final de su vida, la delgadez de su cuerpo resaltaba en sus largas piernas, sus manos huesudas mostraban las callosidades propias del trabajo duro y su actitud indicaba que se trataba de una persona que había vivido demasiadas experiencias.

El sonido de las campanas introdujo al anciano en una época de la que guardaba recuerdos de un cambio de vida inesperado, su mente comenzó a debatirse entre las brumas apareciendo las imágenes, un tanto borrosas no tardaron en hacerse nítidas,

—¡Domingo corre, a la fuente! ¡Que llegan los peregrinos!

Un niño larguirucho y desgarbado, salió tan rápido como una exhalación a través de la cortina de arpillera, que cubría la puerta de la casa para evitar que penetraran las moscas. Corría para alcanzar al joven que se esforzaba para que no lo pudiera conseguir, mientras tanto, tenía que detenerse ligeramente atacado de accesos de risa.

—¡Espérame un poco, que madre ha llenado mucho la cesta y no puedo ir más deprisa!

Domingo trataba de llegar a la altura de su hermano, renqueando debido al esfuerzo que debía hacer acarreando una cesta repleta de fruta, que le golpeaba en su muslo izquierdo mientras la sujetaba fuertemente con las dos manos por su asa de mimbre trenzado.

—¡Diego!... Espera, si no le diré a padre que no quieres ayudarme.

Ante la amenaza, Diego paró bruscamente y dando la vuelta, levantó la mano arreándole un tremendo pescozón que sonó ruidosamente en la estrecha calle empedrada, al mismo tiempo que le advertía:

—Dile también que te he pegado, y mañana recibirás más, y ahora vamos a la fuente, hoy serás mi criado.

Domingo seguía a su hermano Diego como sigue un perrillo apaleado a su dueño, deberían ofrecer frutas a los peregrinos que seguían la ruta de peregrinación que llegaba desde Francia hasta finalizar en Compostela, pero como bien sabia, solo debería ofrecer el refrigerio a aquellos que tuvieran dinero para pagarla, y olvidarse de aquella caterva de pordioseros y otras gentes que hacían el camino, con ánimo de conseguir un ingreso que aliviase las cargas familiares.

Se acercaban a la puerta de la iglesia de Santiago, repleta de pedigüeños sentados en el suelo alargando la mano para pedir la caridad de quienes se acercaban con ropajes de calidad para realizar sus rezos matutinos a los pies del santo apóstol, cuando alcanzó a sus hermanos, que habían desembocado en la calle Barriocepo, iniciando un ligero descenso hacia su destino una pequeña plazuela en la que desembocaba la Rúa Vieja, —con un oratorio en honor a San Gregorio— plazoleta en la que se encontraba la fuente que suponía un descanso para los peregrinos antes de pedir alojamiento en la iglesia cercana que ejercía de albergue.

Al llegar a la calle de Santiago —que unía Barricepo con la calle mayor— por ella pululaban gentes de todas las clases sociales, vinateros ofreciendo una azumbre de su mercancía por un real, sacamuelas y sanadores con sanguijuelas y emplastos para aliviar los pies doloridos de los peregrinos que afluían con sus hábitos pardos y las veneras cosidas al capote. Apoyado en la esquina de una casa en cuyo portal convertido en «mentidero» en el que se reunían individuos de dudosa reputación, un joven fornido esperaba impaciente a los dos hermanos menores que deberían haber llegado ya hacia un rato. Al verlos bajar la pendiente, les hizo un gesto con el brazo para cerciorarse que lo habían visto, y una vez comprobado gritó:

—¡Diego, agarra esa cesta que vas a derrengar al chico!

El joven nombrado, sabía que no podía enfrentarse a su hermano mayor, ya era un hombre y se había enfrentado a hombres mucho más fuertes en peleas, de su cinturón pendía un cuchillo sarraceno que había bebido la sangre de sus adversarios en varias ocasiones, granjeándose por ello el respeto y el temor de aquellos que se atrevían a enfrentársele. Agacho la cabeza y arrancó de un tirón la cesta de las manos de su hermano pequeño, que no dudó en hacerle un gesto de burla mientras se protegía detrás de su hermano Andrés, que siempre había sido su protector en las peleas fraternales.

Andrés paso un brazo por los hombros del niño, en este gesto quedó asombrado al observar que a pesar de sus diez años recién cumplidos, había crecido hasta alcanzar su barbilla, sonrió orgulloso y le dijo a su hermano mediano:

—Ya sabes lo que dice padre. Somos buenos reñidores. —y continuó— valemos para defender la reata de mulas, y las mercancías, él es otra cosa, entiende de números y de letras y todavía aprenderá más, con el apoyo de Don Pedro llegará a ser algo en esta vida. El atenderá los negocios familiares.

Y riendo se dirigió al benjamin de los hermanos que mantenía la cabeza agachada como si sintiera vergüenza de los elogios de su hermano, aunque en realidad esperaba poder salir corriendo en busca de Sara.

—Anda vete, que ya he visto cómo miras a la Sara, —la del tío Ustarriz—, y ten cuidado que nada más verla se te «empina»—tras otra carcajada continuó—Estos críos... como no anden con cuidado la van a liar.

Domingo sonrió azorado al escuchar el comentario de su hermano mayor, y corrió en busca de la joven que se dirigía hacia la Rua Vieja.

***

Un atisbo de luz se manifestó en el rostro del anciano que esbozó una sonrisa al recordar los momentos en los que se veía protegido por su hermano mayor. Y la figura de su padre se hizo visible en los nuevos recuerdos. Domingo pasó una mano huesuda por su frente de manera mecánica, fue el momento que aprovechó su esposa que lo estaba observando dese la puerta del domicilio, para salir con una pequeña manta en la mano y colocarla por sus piernas para que mantuviera el calor.

La mujer recibió con agrado, una caricia que el el hombre acompañó con una sonrisa, como muestra de cariño.

Ella lo conocía bien, sabía que no había podido superar la muerte de su hijo mayor, ocurrida en un intento de robo en el camino real de Castilla, en el mismo ataque mataron a Andrés, su hermano mayor y protector durante la infancia. Sabía también que cuando llegaba a ese punto debía dejar que pasase todo. Cuando llegasen sus nietos cambiaría completamente, haciendo que los niños se mantuvieran atentos a sus historias. Cuando se retiraba hacia la vivienda, oyó la voz de su esposo que hacía un comentario de un hecho que ambos sabían que se produciría:

—Luego vienen los niños.

Sara, se volvió y contesta con un monosílabo:

—Si.

Después se dirige hacia el zaguán de la casa sin intercambiar más palabras, los dos conocían perfectamente lo que pensaba el otro y no necesitan decir nada más, o al menos Domingo lo sabía antes de sus pérdidas temporales de memoria, en las que creía que sus hijos eran sus hermanos, y a sus nietos los confundía con sus propios hijos, solamente en esos otrs momentos de semi lucidez, buscaba entre sus recuerdos los momentos felices de su vida.

Sara Ustariz, la mujer de Domingo Gabarri, conocía a su esposo desde que ella era tan solo una niña, y él ya un jovencito espigado. De eso hacia ya mucho tiempo, los dos eran casi unos niños, cuando Domingo a pesar de ser tan solo un jovencito, demostró tener mucho valor durante el cerco de la ciudad por el general Asparrot.

Sara pasó la mano por el pelo para finalizar clavando un poco más la peineta de carey para sujetar mejor el moño, y colocarse bien el pañuelo en el cuello distraídamente, dejando que una lágrima asomase a sus ojos cansados comparando a aquel Domingo de hace cincuenta años, y al actual Domingo cargado de achaques por la cantidad de veces que había tenido que meterse en las aguas frías del Ebro para pescar con el trasmallo, y sacar unos ochavos a la mañana siguiente, con las madrillas recién pescadas, con ese dinero y las fincas que le había dado Don Pedro, por los servicios prestados, habían conseguido un buen pasar para sus hijos, retiró el visillo de un color rojo desvaído que amarilleaba a corros debido a los rayos de sol, para mirar a su hombre, mientras que un pensamiento martilleaba su cerebro, recordando al jovencito Domingo despedirse de ella aquel nueve de junio de 1521.

Las campanas de la Colegiata volvieron a sonar, Domingo se movió inquieto en la piedra que le servía de asiento, como si algún lejano recuerdo se removiese en el interior de su dañada memoria, y se dirigió a su esposa con voz entrecortada:

—Creo que Don Pedro quiere verme.

Sara es la única que entiende lo que quiere decir su esposo, al escucharle nombrar a Don Pedro se preocupa, se santigua al percibir que la dama de la guadaña se acerca a su esposo. Inicia una especie de letanía en el idioma de sus antepasados, y enciende una vela y a continuación se acerca a su esposo y con toda la calma posible le ayuda a incorporarse, y le dice:

—Creo que es mejor que te ayude a ir a la cama para que descanses un rato, así te encontrarás mejor cuando lleguen los niños.

La mujer recuerda el cerco de la ciudad, y la noche en la que Domingo fue a despedirse de ella, embarazada de su primer hijo, aunque era todavía una niña consideraba a Domingo como su esposo, aquella noche lloró creyendo que la misión que Don Pedro Velez de Guevara, como regidor de Logroño, le había asignado a «su hombre».

Cuando él se introdujo el la casa en la que vivía Sara con su familia, lo hizo a través del ventanuco que Sara mantenía abierto para permitir la entrada de su amado, y que lindaba con el tejado de la casa de al lado. Domingo llegaba contento y nada más descolgarse por el ventanuco, se lo contó:

—Está noche no puedo quedarme, me ha llamado Don Pedro, para que hable con el general «franchute».

Sara se asustó por lo que acababa de oír, sentía miedo por el riesgo que entrañaba la misión, y solo pudo pensar: ¿y si sale mal? Las preguntas comenzaron a invadir su cerebro, y decidió no hablarle de su embarazo.

Sabía que Domingo había dado su palabra, había escupido en su mano realizando una cruz, y ese gesto era sagrado, no podía romperse salvo con la muerte, solamente lloró y rezó, pidiendo al Santo que tuviera poder para protegerlo. Lo hizo solamente al quedarse sola, llegando a pensar: «voy a quedarme viuda antes de estar casada». Se tendió en la cama y continuó llorando durante toda la noche, y al llegar la madrugada había tomado una decisión:

—Tengo que decírselo a mi madre. Y no admitiré que llame a la curandera para que me den ruda u otra hierba. ¡Quiero tener a este hijo!

El enfrentamiento con sus padres fue mucho más sencillo de lo esperado. Su madre, una mujer de armas tomar no dijo nada, la tomó de la mano tiró de ella y sin mediar palabra se dirigió a la casa de los padres de Domingo, y fueron las dos madres las que decidieron lo que debía hacerse en un momento de extrema gravedad, Sara todavía recuerda aquel día como si estuviera escuchando a la madre de Domingo:

¡Vamos niña!

Sara no tenía fuerzas para oponerse, estaba preocupada por su hombre y no había dormido durante la noche trató de protestar:

—No voy a tomar nada.

—¿He dicho que vayas a tomar algo?—Contesto la madre de Domingo, y continuó—Pues si no he dicho eso, «chanta el mirlo» y contesta cuando te pregunten, no antes.

Sonríe al recordar a la madre de su esposo, aparentemente tenía mal genio, pero resultaba tan protectora como una gallina clueca. Sara se sorprendió al ver que se acercaban al palacio del corregidor de la ciudad, y lo más sorprendente fue que nadie les impidió el paso, hasta que llegaron al despacho de Don Pedro Vélez de Guevara, quien no dudó en dictar su sentencia:

—Hay que casarlos, está niña o puede quedar con la mancha de ser madre soltera, y caer en desgracia a los ojos de la Iglesia y de todos estos «meapilas».

—Pero señor, no estamos en un buen momento para bodas, no creo que los curas nos hagan caso.

Las dudas de la madre de Domingo, hicieron sonreír a Don Pedro, que bate las palmas para llamar a su secretario que se aloja en el cuarto de al lado, apareciendo al instante como si se encontrase esperando esa llamada. Sin mirarlo, Don Pedro comienza a darle órdenes:

—Miguel, busca inmediatamente a mi confesor, y dile que a la hora de nonas, en San Gregorio, hoy vamos de boda.

Sara se limpia las lágrimas y se acerca a su esposo, sin querer recuerda su boda en la que se sintió como una viuda casándose «in artículo mortis», a su lado no se encontraba Domingo, su puesto lo ocupaba Don Pedro Vélez de Guevara.

Hoy su esposo está en el lecho de muerte, pero ella no tiene más lágrimas, las vertió todas en aquella boda de 1521.

Invierno

Se va la luna
queda su lencería
en mi ventana

El frío penetra por cada rendija de las ventanas, los cristales vibran emitiendo un traqueteo, que acompaso con el de mis dientes que golpean entre si, los superiores con los inferiores, sin obedecer a mi intento de detenerlos, mientras que mi duende trata de tranquilizarme:

—No durará mucho, enseguida sentirás más calor. Lo sé

Frontera

Tras el cristal de la ventana, con la mirada perdida en un punto del horizonte, mira sin ver los coches que circulan en ambas direcciones por la carretera de circunvalación.

El cielo cubierto por nubes densas que, unido a la mortecina luz del anochecer, lo van trasladando a otros momentos en los que todavía sentía interés y verdadera pasión por la vida.

Recuerda la cantidad de veces que había pedido que su vida se convirtiera en la línea recta de un encefalograma plano.

El pasado se ha vuelto algo muy lejano y el futuro no existe. El presente es esa línea sin sobresaltos, y no los hay porque el miedo se ha convertido en un huésped que se marchó a otras playas, alejando el fantasma de la muerte para dejar en su lugar a la bella joven —a pesar de que la teme— y que lo acompaña en todo momento, se trata de una compañera que un día le será infiel, y aun así la ama.

Una mirada retrospectiva a lo más recóndito de su vida, sacando a flote recuerdos ya olvidados. Un día como hoy 17 de enero, San Antonio Abad, para la mayoría puede ser el santo protector de los animales. Pero el lago de aguas tranquilas que se ha formado en la mente del hombre hace que aparezcan las llamas vibrantes de una hoguera, y el sonido de una voz vibrante de mujer que lanza un sonoro grito mirando a la luna, pasando a una pubertad en blanco y negro, a caballo entre «El Nodo» y «Der Spiegel Deustchland», discursos triunfalistas de Franco, y palabras asentadas de Konrad Adenauer.

Masas con el brazo alzado, recordando a otros brazos alzados y a gentes asustadas intentando traspasar un muro coronado de alambre de espino, con el sonido inminente del mauser.

La llama de la hoguera mezcla otros recuerdos en forma de sonidos que produce la música. Las Valquirias toman vida cabalgando en corceles de nubes intentando con su esplendor apagar las notas de Doña Francisquita.

La hoguera continúa vibrando, moviendo las aguas que se mantienen remansadas, atrayendo otros recuerdos, que crean personajes con vida.

La oscuridad exterior convierte el cristal en un burdo espejo que refleja el rostro del hombre, que con un profundo suspiro se retira de la ventana, y con calma reiniciar su trabajo.

Luminarias

El ajetreo le indica que se avecina algo distinto, recibe empujones de las mujeres que se afanan en hacer manojitos de cerezas que van recogiendo de un cesto.

Un manotazo le obliga a retirar la mano de aquel cesto repleto de las preciadas frutas rojas brillantes. Se le hace la boca agua sintiendo el fruto carnoso en la boca, sus ojos golosos no dejan de mirar el cesto buscando un hueco por el que meter la mano para agarrar un puñado y salir corriendo para saborearlas en un rincón, y entretenerse expulsando el hueso con fuerza tratando de meterlo en un bote de conserva herrumbroso que ha colocado a una distancia prudencial.

Espera a que se calmen las prisas de todas aquellas mujeres, desde el lugar en el que se encuentra puede ver una hornacina en la fachada de la casa, la imagen de San Antonio parece esperar esos manojos de cerezas que irán cubriendo todo el interior de la hornacina.

¡Menudo despilfarro! Aquella imagen de madera envejecida por las inclemencias del tiempo no come, y las cerezas tan lustrosas y brillantes se irán secando hasta que algún gorrión se atreva a acercarse para darse un atracón.

¡Por fin! Han dejado el cesto solo, una carrera y agarra con fuerza un puñado de las tan deseadas cerezas, siente entre sus dedos los rabos de las cerezas y nota el bamboleo de las que han quedado fuera de sus pequeñas manos.

Una nueva carrera para llegar hasta unas gavillas de sarmientos, que lo ocultan de las miradas indiscretas, se entretiene expulsando los huesos, escucha el tic, toc de los golpes contra la lata, satisfecho de su escondite.

Llega la noche y el corazón del niño golpea con fuerza en el pecho, es el momento en el que los vecinos van saliendo de sus casas como si hubieran sido convocados por una fuerza misteriosa, dos hombres agarran sendas gavillas de sarmientos y las colocan en el centro tiesas, apoyada la una en la otra, se inicia la fiesta, una llama pequeña comienza a lamer un puñado de pajas y rizos, hasta infiltrarse entre los sarmientos que crepitan como si se quejasen por el dolor producido por el fuego.

Crecen las llamas y comienza a rular una bota de vino de mano en mano, conversaciones, risas y es el momento en el que el niño se uno a los asistentes, sin hacer ruido, sin provocar que le hagan preguntas sobre su desaparición., las llamas están alcanzando su punto álgido y los mozos se preparan para saltar la hoguera.

Un grito vibrante de mujer rasga la noche, y a lo lejos es contestado por otros muchos y después una petición al santo: San Antón, gallina pon, huevos a molondrón.

La imaginación del niño se dispara y ve alrededor de la hoguera mujeres danzando en la cima del monte.

Capas de cebolla

Empiezo a olvidar que hace algo más de cinco meses que padecí un infarto. Después de las últimas consultas con los cardiólogos creí que había finalizado todo.

Nada más lejos de la realidad, como ya lo he definido con anterioridad, se trata de capas superpuestas que debo ir eliminando, su descubrimiento se vuelve cada vez más difícil, ya no es algo burdo, se trata de una tela sutil, difícil de ver y por tanto difícil de desechar.

No puedo permitirme un nuevo descuido al creer que todo había finalizado. Es cierto que la lesión ha sanado sin dejar residuos, pero no puedo permitirme creer que todo ha terminado, y lo vivido en estos últimos días lo confirman.

Durante unos días me he guarecido en mi cueva para lamerme las heridas. Aunque no tengo claro a qué tipo de heridas me refiero, se había alojado en lo más profundo de mi mismo mi único enemigo, que ha pasado un tiempo haciéndome ver mi incapacidad y mi vejez, esta noche pasada lo he descubierto, así como el virus que me estaba inoculando. Lo he definido como «Pre-depresión», aunque poco después lo he tenido que redefinir y darle un nombre más benévolo. Duelo.

Encaja más porque debo pasar ese tiempo de adaptación a mi nuevo ser, y lo hago a solas porque no admito que me den fórmulas mágicas para superarlo.

Lo he visto y le he puesto nombre, y al hacerlo le quito las armas a mi enemigo. Otra capa más y continúo vigilante para evitar los ataques que estoy seguro de que seguirán apareciendo.

Dos cerebros

Hoy se cumplen once meses, —el 30 de mayo de 2018 sufrí un infarto— el tiempo ha transcurrido rápidamente. Mis recuerdos de ese día son vagos, mi mente se puso en plan espectador, haciendo que el miedo no hiciera acto de presencia. Se que la debilidad física fue mi compañera durante la mayor parte de estos once meses, con ella apareció la rebeldía, las ganas de lucha, y algo más que me hizo creer que había vencido:

«EL MIEDO»

Pero fue hace tan solo dos semanas cuando se hizo tangible. Decidí ponerme a prueba, impartiendo unas clases de Taiji durante el fin de semana, en las que deseaba dar a conocer esta disciplina entre practicantes de otras artes marciales.

Por primera vez en todo este tiempo, entre en el tatami con mí spray de nitroglicerina.

No solo me di cuenta de que había sido un iluso creyendo que había vencido al miedo, sino que también fue consciente de en mi interior también coexistían dos personalidades, o mejor dicho, dos mentes que tratan de dirigir mi vida.

Una mente razonadora, excesivamente miedosa, que trata en todo momento de golpearme con una advertencia:

—¡CUIDADO¡

La misma advertencia que siempre me ha molestado, aunque en este momento la mente sibilina no lo expresa con palabras, sino aprovechando los pequeños dolores producidos por los cambios bruscos del tiempo. Un pequeño dolor cercano al corazón hace que mi mente busque el reflejo en la espalda, y el dolor en el brazo o la tensión en el cuello.

Aprovecha también los efectos secundarios de una medicina, que incita a los accesos de tos. Comienza con un pequeño picor en el centro del pecho y automáticamente, esa mente miedosa me dice que debo toser, porque si lo hago, también estaré masajeando mi corazón permitiéndo que fluya mejor la sangre.

Existe ese otro personaje mucho más inconsciente, que es quien me ha dirigido durante toda la vida y que me dice:

—¡ATRÉVETE!

Al descubrir cómo actúa el miedo, han comprendido las dos mentes que deben unirse para combatirlo. Hoy he comenzado con la lucha para vencer a esa tos molesta para la que hasta ahora he utilizado un placebo llamado caramelos. La palabra «ATRÉVETE» me dice también «LUCHA» mientras que la otra palabra «CUIDADO» me dice «UTILIZA LA TÉCNICA» Y eso he hecho, respiración, calma, y vacío.

No más caramelos. Solo entrenamiento.

Lo que pienso

Durante estos últimos once meses me he sentido como un corcho movido por las olas en un mar embravecido. He pasado momentos en los que la mente no quería continuar con su actividad creativa. Los músculos se habían deteriorado rápidamente y mi carácter había cambiado. Al final he comprendido que aquella persona que era yo antes del 30 de mayo de 2018, ya no existe, ahora soy otra persona distinta.

No luché para mantener la vida, solo me anulé, como si me tratase de un espectador permití que los médicos trabajasen, me convertí en mi coche que dejo en el taller para que le hagan una reparación. Es cierto que algo me ayudó y fue el Taichi. Que nadie se equivoque, no es una terapia, ya lo he dicho en otras ocasiones. Es un arte marcial que me ha enseñado a no ser una fuerza de choque. No soy un luchador, solo soy un superviviente.

Los Santos Inocentes

Unos cuantos días antes de que llegase el 28 de diciembre, mi cabeza trataba de crear las «bromas» que podía poner en práctica en día de los inocentes.

Mis víctimas no eran niños, todos ellos permanecían «ojo avizor» para no caer en la broma. Tanto era así, que en muchas ocasiones se negaban a creer en noticias reales. Mi verdadero placer es gastar bromas en pareja, es decir que un «pobre inocente» se riese de otro, sin darse cuenta de que aquel de quien se estaba riendo, le pagaba con la misma moneda, eso era crear un efecto espejo.

Los mazapanes

Me encontraba detrás de la puerta de entrada a mi casa, mirando por una rendija para ver cuando aparecía en la calle el primer «inocente». Detrás de los visillos, unos cuantos pares de ojos esperaban al mismo personaje, y al final apareció, y comenzaron «las comedias», salí corriendo par air sembrando la calle de unos cuantos mazapanes, la puerta de una casa cercana se abrió para que pasase a su interior y poder mirar desde la ventana lo que sucedía en la calle.

Y allí se encontraba el «inocente» intentando quitar el papel de los mazapanes que había encontrado en el suelo, y no tardó en gritar:

—¡Me has engañado!

La sorpresa se había producido al descubrir que lo que había creído un mazapán, era el escremento de un burro.

La calle se llenó de personas y de risas.

Personajes

Abrí el baúl

apareció Pandora

con cienmil vidas

Don Valentin

Me contaron que el primer contacto que tuve con un médico fue con Don Valentín. A pesar de que se marchó del pueblo cuando yo era muy pequeño, su imagen aparece en el baúl de mis recuerdos, unida a la del Profesor Tornasol. El viejo científico despistado de aquellos tebeos de Tintín.

La verdad que Don Valentín, ni era despistado ni sordo. De estatura pequeña, —o al menos es lo que recuerdo, y sería muy extraño que no lo fuese, porque a mis cuatro o cinco años, cualquier hombre adulto lo veía como un gigante, y Don Valentín lo recuerdo como un hombre pequeño y delgado — llegando a la conclusión de que lo era.

Dejando a un lado su estatura, en lo que destacaba que el buen médico, eran ser un verdadero «tocapelotas», no contento con «chincharme» cada vez que me pillaba desprevenido.

A pesar de haber pasado tantos años, todavía continúo recordándolo. Bien podría ser que su espíritu siga haciendo de las suyas, ahora que no puedo verlo. En esos recuerdos ahora un tanto difusos, aparece trajeado, sujetaba sus pantalones con tirantes, tocaba su cabeza con un sombrero de fieltro, y completaba su atuendo con un bastón de madera marrón, brillante. Este era el instrumento más odioso para mi, y seguramente también lo era para los perros, a los que azuzaba.

Todavía no he llegado a descubrir los motivos por los que utilizaba el bastón, si andaba con ligereza y de vez en cuando lo hacía girar como si se tratase de las aspas de un molino.

Vivía en una calle paralela a la mía, a la que se accedía mediante un caminito en desnivel, que era mi terreno de juegos. Pues bien, Don Valentín se las ingeniaba para pillarme desprevenido y «cazarme» del cuello con la amplia empuñadura del bastón.

Después se colocaba ante mi sonriendo, se apoyaba sobre la puntera de sus zapatos, creciendo unos centímetros y metiendo los dedos pulgares en los tirantes, comenzaba a contarme la historia de mi nacimiento.

Este se produjo un 31 de enero, a las ocho de la mañana. El suelo estaba cubierto por una gruesa capa de nieve. Gozaba recreándose en estos detalles y en que me encontró desnudo sobre la nieve, entonces él me envolvió en su camisa y me llevó a mi casa para que mi madre pudiera dar a luz. La verdad es que según me contó mi madre, el médico llegó cuando yo había decidido nacer, a las primeras personas que vi fue a mi abuela y a mi madre, así que a Don Valentín lo vi más tarde, pero debo agradecerle que fuese él quien desenroscase el cordón umbilical del cuello. Tal vez la historia que se empeñaba en contarme es la que hizo aumentar la fantasía en un niño, y todavía continúe dando guerra en mi mente

La tía Luteria

Hay momentos en los que los recuerdos pugnan por salir creando historias, que me llevan a un pasado moviéndose a paso lento en la evolución.

Nací en un pueblecito pequeño, mi mundo eran las calles, las eras, y las pozas de riego. Un mundo de paisajes y paisanaje en el que la tiá Luteria me permitió recrear imágenes de sus vivencias en épocas muy anteriores.

En mi pueblo los tratamientos de respeto como señor o señora eran inexistentes, se utilizaba el Don o Doña para señalar a quien era digno de utilizar ese tratamiento, reconociendo que esas personas pertenecían a un escalafón social superior.

Para el resto, el tratamiento era el de tió o tiá, sin deshacer el diptongo, demostrándole respeto por su edad. el diptongo se deshacía cargando el acento en la primera vocal, solamente para la familia.

Los trabajos duros de la mañana se relajaban para convertirse en placer durante la tarde, era el momento en que se reunían las mujeres en grupo para hablar, mientras realizaban labores de costura, se intercambiaban modelos de punto o labores de ganchillo. La tiá Luteria no cosía, solo hablaba cuando le preguntaban algo que pertenecía a su pasado lejano, sin importar las veces que le formulaban la misma pregunta, ella repetía palabra por palabra sus recuerdos.

Había rebasado los cien años, sin ser consciente de ello, el tiempo se habían ido llevando parte de ella, la gente le había robado unas letras de su nombre permitiendo que al nombrarla la voz dibujase una línea recta, sin los recovecos que crea su nombre real, Eleuteria.

Vestida de negro, el borde de su saya rozaba el suelo o tal vez se había negado a permanecer en su sitio al disminuir la estatura de su frágil cuerpo.

Su vida se había dividido en partes iguales cabalgando en equilibrio entre dos siglos aunque su mente recordaba tan solo una parte del XIX, la parte más añorada, sus años mozos que al revivirlos le hacían dibujar una sonrisa en su boca, animando con una chispa de picardía sus ojos vacuos que como única señal de vida era una pequeña lagrima que se mantenía en equilibrio en el borde del párpado, el resto del tiempo se dedicaba a buscar su casa como si al abandonarla, en su interior hubiera quedado encerrada parte de la historia, su casa actual no la conocía, hablaba con cariño de sus hijos y nietos sin saber que lo hacía con ellos mismos.

Los miedos faltos de sujeción salían a la superficie haciéndola temblar, al manifestarse en las cosas más nimias que solo hacían desaparecer los niños que acudían fielmente todos los días a escuchar sus historias un tanto descabelladas que encerraban sus recuerdos de épocas distintas que solo los niños comprendían.

Al anochecer las mujeres recogen su costura y la tiá Luteria vuelve a su casa guiada por sus nietas, los niños continúan con sus juegos esperando la hora de la cena y la llegada del día siguiente.

El señor Carlos

El seños Carlos, era un viejecito amable, andaba con paso tranquilo, fuera invierno o verano, llevaba sobre su hombro izquierdo un tapabocas, —es decir una manta de cuadros, que usaban los agricultores y pastores, con los que se tapaban durante los momentos de descanso— encima de la manta usaba una alforja en la que guardaba sus escasos bienes. Se apoyaba en un bastón hecho con la rama de un árbol, y que su brillo indicaba que había visto más geografía que la que yo tenía constancia de su existencia.

Lo acompañaba una perrita, de pelaje blanco con grandes manchas negras. Me gustaba jugar con ella, rascando su barriga que me ofrecía tumbada en el suelo, sobre su lomo mientras agitaba sus patas para demostrar su alegria. Se mostraba tan afable como su dueño con aquellos que le demostraban cariño, pero sabíamos que podía ser un animal fiero si vislumbraba algún atisbo de peligro.

A pesar de mi escasa edad, sabía que no se trataba de un vecino como los demás, es más no era ni tan siquiera un vecino, se trataba de un «pobre», un mendigo o un pordiosero, que tan solo llamaba a las puertas sin pasar del humbral a pesar de todas las puertas se encontraban abiertas. Todos conocían su voz y la manera que tenía de dirigirse a las personas. Siempre lo hacía con alegría y respeto, y ese mismo respeto lo recibía de la gente. Todo el mundo lo llamaba por su nombre al que anteponían el título de señor, no era Carlos ni tampoco el tío Carlos, era el señor Carlos.

Aparecía de tarde en tarde, y cuando lo hacía utilizaba el mismo sitio para descansar, la paré izquierda de la puerta de la casa de mis abuelos. Lo solía encontrar sentado en el suelo utilizando el tapabocas colocado doblado a su espalda, amortiguando en lo posible la dureza de la pared. A su lado la perrita, que levantaba su cabeza al verme doblar la esquina lanzando un pequeño ladrido de alegria. También tenía a su lado derecho, al lado de la pared, una botellita con tapón blanco y un mecanismo de ballesta para hacerlo hermético.

Era su momento de descanso, yo sabía que acababa de comprarlo y lo iría bebiendo poco a poco mientras comía los alimentos que le daria mi abuela, o una de mis tias, en muy pocas ocasiones lo vi en el interior del portal, solo si llovía o nevaba aceptaba tal invitación, y siempre se negaba a comer en la mesa.

Ese momento de descanso era lo que yo esperaba con más interés, porque entre trago y comida, iba desgranando lo que le había sucedido desde su última visita, los sitios que había visitado, y todavía me asombro de que sus recorridos los realizaba a pie, durmiendo en el lugar que le alcanzaba la noche, y comiendo lo que estaban dispuestas las personas a compartir con él.

El señor Carlos ha sido a través de mis recuerdos el ejemplo de dignidad a pesar de ser tan solo un mendigo, «un paria de la sociedad», habiéndose dedicado a ese menester al verse solo a pesar de tener hijos y nietos, o al menos era lo que decía, porque también su espíritu libre y aventurero hacía que se enfrentase al camino día a día

Doña Constancia

Fue mi maestra de los 3 a seis años, y el nombre le venía que ni al pelo, aunque además de Constancia hubiera debido tener como apellido el de Paciencia.

Pequeña, rechoncha, sonriente, y amable, aunque no estaba exenta de firmeza, al enfrentarse a los cuarenta o cincuenta diablillos que pululábamos a su alrededor en la escuela de párvulos o de «primeras letras» como se decía antes.

Su reino era una amplia sala en la planta baja de un antiguo edificio de piedra, que se encontraba bastante deteriorado por el paso del tiempo. El mobiliario se componía de una mesa y una silla que utilizaba Doña Constancia,— todos en el pueblo le daban ese título en señal de respeto, aunque era posible que se hubiera titulado en magisterio, atendiendo ese cargo contratada por el consistorio— día a día sentada tras su mesa, colocada sobre un estrado de tarima, desde la que dominaba toda la estancia y vigilaba a sus pupilos, que sentados en dos grupos de bancos corridos, sin respaldo en los que nos apiñábamos niños y niñas, a los que habíamos accedido tras una carrera que permitiera colocarnos junto a los compañeros más afines. Siempre recuerdo que no entraba en esos juegos.

No tenía que darme prisa, y siempre me colocaba entre dos de mis amiguitas, — los amigos chicos estaban para jugar en la calle, tirar piedras o pelearnos por un quítame allá estás pajas— en la escuela era otra cosa, mis amigas sacando su espíritu maternal y me hacían un hueco entre ellas. Siempre eran las mismas, y además no les gustaba compartirme, ni a mi que entrasen más en el grupo, y para eso se me ocurrió un truco, se trataba de llevar unas cerillas que haciendo creer a las intrusas que encendería fuego en el banco. Esa maniobra surtía efecto, y enseguida me dejaban el hueco libre en medio de mis tres musas.

Claro que esa operación debía hacerse en silencio y sin hacer que Doña Constancia mirase por encima de sus lentes que cabalgaban cerca de la punta de la nariz, para tejer una bufanda de lana, toquilla o cualquier otra prenda. Una operación que le permitía estar entretenida mientras copiábamos las letras que ella había escrito en el encerado , y que tratábamos de imitar con mayor o menor fortuna, en la pequeña pizarra que usábamos para escribir y realizar los consabidos «garabatos» ayudados por una barrita de un blanco pardusco, el »pizarrín» que tenía la ventaja de poderse borrar con un trapo húmedo, y cuando no disponía de agua cerca siempre estaba el recurso de insalivar y soltar un espléndido escupitajo sobre el antecesor de las actuales tabletas, el trapo tampoco era imprescindible, siempre podía utilizar la manga del jersey.

Otra cosa que tenía que hacer a escondidas. Todavía no he llegado a comprender como aquella mujer, con una toquilla de color malva sobre sus hombros que había sujetado con un broche, poseía la asombrosa capacidad de enterarse de todo lo que sucedía en aquella clase repleta de pequeños terroristas.

Pero lo hacía, sus ojos dejaban de mirar el tejido que estaba realizando con las agujas. Su voz firme hacía que se apagasen los murmullos que poco a poco se estaban elevando, un rato más y cambiaba de actividad. Repaso a la cartilla, las hojas con las ilustraciones de un tomate o la mamá con el niño.

Aquello me parecía aburrido, ya me obligaban en casa a repasar todo aquello, ya me lo sabía, pero me divertía más soltar los lazos del vestido de las niñas que elegían el primer banco. Y no debía verme la maestra, porque sabía que podría encerrarme en el cuarto de las escobas. No es que importase mucho porque una de sus paredes tenía un agujero por el que podría salir a la calle, pero hasta llegar a este cuarto oscuro mezcla de calabozo y almacén debería acervo acompañado de Doña Constancia, que agarraba de la oreja con fuerza, obligando al pobre castigado que soltase unas lágrimas acompañadas de sonoros barridos que se convertían en risa dentro del cuarto. No me importaba el castigo, me importaban más las puyas y las burlas de mis compañeros, además me esperaba algo mucho más terrible y a lo que no quería exponerme, era a la bronca que recibiría de mis amigas.

Debería esperar al recreo, era el momento en el que nos llevarían en fila hasta la plaza para poder jugar en un lugar amplio y sin peligro de sufrir un accidente. Era la hora del «tomapan» —una palabra que solo la he oído en mi pueblo, y como su nombre indica se trata de un pequeño tente en pie, o un pequeño almuerzo de media mañana— era el momento que utilizaba para simular que tenía que orinar y cuando mis compañeros se encontraban alejados, yo me dirigía hacia el lado opuesto.

Tenía mis entretenimientos esperando y no estaba dispuesto a abandonarlos. Un pequeño huerto, en las ruinas de un corral cubierto por una puerta rota que servía para ocultarlo de miradas indiscretas, o de vándalos que se aprovechasen de su diferencia de edad y lo pisarían por el simple placer de demostrar su fuerza.

Conocía el riesgo de la fuga, estaba habituado a los castigos, el placer de lo prohibido merecía la pena, estoy convencido de que si no recibía más castigos era porque Doña Constancia lo dejaba pasar, sabía que me mi madre, mis tías y mi abuela me obligaban a hacer en casa lo que no quería hacer en la clase.

El cabrero

– Tuuuuu…. Tuuuuu….

El sonido del cuerno hacía que las calles del pueblo se llenasen de vida, las puertas de casas y corrales se abrían para que saliesen corriendo las cabras que se dirigían emitiendo el característico "toc" "toc" de sus pezuñas acompañando a una sinfonía de balidos hasta mezclarse en la manada que se iba formando.

Era un espectáculo ver la pericia de Marcos —el cabrero— que las dirigía emitiendo unos sonidos vibrantes generados por el movimiento de la lengua, otras veces eran los silbidos agudos los que hacían entrar en escena a un perro de pelaje largo que se enfrentaba a las cabras agachándose en el suelo para mirarlas fijamente desde abajo, anteponiéndose a cualquier movimiento que le indicase que podría desmandarse.

Esta labor duraba pocos minutos, Marcos hacia sonar el cuerno y comenzaba el camino hacia el campo, rodeado de muchachos que también iniciaban su camino hacia la escuela, se sentía en su ambiente, ninguno le preguntaba nada, acostumbrado a la soledad del campo estaba más habituado a la compañía de las cabras que a la de las personas, a su paso quedaba un reguero de bolitas negras que marcaban el paso de los animales.

Los niños eran otra cosa, no hacían preguntas, solo lo acompañaban durante un pequeño trecho. El Crucifijo con su fuente y el abrevadero de las caballerías marcaban su última parada y la separación de sus acompañantes que se quedaban observando las evoluciones del perro.

Marcos con andar cadencioso provocado por las abarcas, el bastón sobre un hombro y la pequeña boina que no impedía que los rayos de sol y el aire curtieran su cara surcándole de mil arrugas como si se tratase del fondo de un lago sin agua.

A lo lejos se oía los cencerros alejándose y los gritos de los niños buscando un nuevo entretenimiento, Marcos volvería de nuevo al anochecer haciendo sonar el cuerno para que las mujeres recogieran las cabras con las ubres repletas pidiendo ser ordeñadas.

Otros relatos

Borré una frase

cobró vida la historia

llene mi folio

La lechera de Burdeos

Sentado, ante un vaso de absenta, el anciano pintor observa las últimas pinceladas todavía húmedas, retrocede, sujeta sus anteojos y echa atrás la cabeza para mirar el cuadro de pequeño tamañodesde otra perspectiva, mecánicamente moja sus labios en el licor absorto en sus pensamientos.

La pureza de la joven le seduce, ve en ella una crisálida que anuncia su próxima metamorfosis, y suaviza alguno de los rasgos, aniñando el óvalo de su rostro.

Los golpes secos del pincel sobre el lienzo tenso comenzaron a dar vida al embrión que se gestaba en la cabeza del artista, de su paleta salen rosados, ocres, amarillos y azules, creando un ambiente cálido y sereno, ejecutado con pinceladas vigorosas, a las que debe mirar desde la distancia que le permita unir las marcas del pelo de cerda del pincel.

Desea olvidar las sombras de los ambientes tenebrosos y los horrores de la guerra. Observa como la joven recibe por la espalda la luz matinal, dejando que el velo de penumbra permita vislumbrar en su rostro el inicio de algo nuevo.

Los ojos pensativos de la joven, fijos en un punto indefinido le hacen añorar a los chispeantes y lascivos de Cayetana, teniendo que abandonar los pensamientos morbosos. Los labios amables, frescos, rojos de la joven, son distintos de los ensangrentados y feroces de Saturno, o de los secos y duros que modulan el grito de los fusilados de la Moncloa.

Atrás quedaron las locuras, los sueños tenebrosos, los oropeles de la corte y los retratos de gran formato.

Mientras observa el cuadro de pequeñas dimensiones, siente que su espíritu en calma retorna al origen.

Naufragio

Surcaba las aguas con dificultad, sorteando las olas que barrían la cubierta. Debido su fragilidad, el desenlace fatídico se preveía inminente, la pequeña nave no podía aguantar el golpe de las aguas, que la hizo escorar a estribor precipitandola con rapidez en un remolino que no tardó en engullirla. Un grito de mujer asustó al niño que, se apresuró a retirar una bola de papel del agujero del desagüe de la bañera.

Terror nocturno

Tenía frío, era el momento de ir a la cama y no se atrevía, una fiera le mordía el estómago. Sujetaba una vela de llama oscilante golpeada por el viento que penetraba por las rendijas de las ventanas, las sombras alargadas danzaban amenazadoras al ritmo del del golpeteo intermitente de los cristales. Ruidos, un grito, una carrera hasta la cama de sábanas frías, la respiración agitada, de nuevo los fantasmas.

La promesa

Como cada mañana, Siburo se sentaba en una piedra plana, que su padre había colocado al lado de la fuente del jardín el día que cumplía tres años.

Desde aquel momento Siburo no había dejado de acudir a aquel lugar día tras día, sin importarle si lucia el sol o caía la lluvia a raudales. Con la nieve era otra cosa. Limpiaba la piedra con sus pequeñas manecitas y colocando una pequeña estera que desenrollaba para poder sentarse sin temor al frío.

Todavía recordaba la voz de su madre advirtiéndole de posibles enfermedades:

—Siburo, no te quedes ahí sentado que vas a enfermar.

El sonido del chorro de agua, canalizada a través de una caña de bambú, — que debido a un ingenioso mecanismo producía un sonido relajante— lo fue trasladando a su infancia, sus juegos en el jardín de la residencia, acorde con el rango que ocupaba su padre en la corte del Shogun Tokugawa.

Las palabras de su padre cada vez que salía para realizar una misión por orden de su señor Ieayasu, se convertían en su mente infantil en una orden ineludible:

—Siburo... mientras yo no esté, cuida la casa.

El niño realizaba una profunda reverencia y le respondía muy serio:

—Si padre, siempre la defenderé con mi vida.

Después, la llegada de los soldados del Shogun. La acusación de traición. Siburo no entendía nada. Gritos y empellones y al final una orden ordenando que toda la familia se hiciera seppuku.

Las cabezas de todos los miembros de la familia habían rodado por la arena del jardín.

Hacía muchos años que su padre no estaba, muchos habían intentado ocupar la casa. Hasta el regreso de su padre, él debía cuidar la casa, se lo había prometido a su padre, y cortaría la cabeza de quienes lo intentasen.

—Nadie me ve, pero eso no tiene importancia. Continuaré guardando esta casa. Lo he prometido.

Rapsodia

Como todos los días había llegado a su rincón en el pasillo de la estación del metro. Hacia ya dos años que decidió «Hacer las Españas» y dar a conocer su música al otro lado del charco. Un buen día decidió partir desde su Argentina natal cargado de ilusiones y una guitarra, que utilizaba como medio para expresarlas en cualquier rincón de una calle concurrida. Y aunque no resultaba fácil conseguirlo, a través de las redes sociales se informó de los requisitos y mediante examen consiguió una plaza de músico callejero, y el azar hizo que pudiera ofrecer su arte en el rellano de un pasillo del intercomunicador de Avenida de America.

Bajó las escaleras silbando y al llegar a su puesto, abrió la funda de su guitarra, la conectó a los amplificadores y comenzó a rasgar las cuerdas, una canción tras otra. También como todos los días se oyó el sonido de la persiana metálica de un puesto de flores en otro rellano dos escalones más arriba. El músico sabía que la joven dependienta se quedaría un rato más escuchando las melodías, dirigió la mirada hacia ella y le ofreció la mejor de sus sonrisas.

Se oyó el traqueteo profundo del metro y comenzaron a llegar los pasajeros, que pasaron rápidamente por su lado dejando caer unas monedas en la funda de la guitarra. Se acercaba otro grupo más numeroso, y el guitarrista comenzó a interpretar su tema favorito «Rapsodia para guitarra». Se oyeron carreras y gritos, la Rapsodia estaba alcanzando su momento álgido, el punto en el que comenzaban los aplausos y las monedas se multiplicaban en la funda de la guitarra.

Los transeúntes no estaban dejando monedas, en su lugar dejaban caer flores en el rincón cercano, otros colocaban velas al lado de una hoja de periódico. La joven dependienta salió del puesto de flores y colocaba en el rincón un pequeño ramillete de pensamientos de color violeta y blanco, el músico la miró agradecido y vio los ojos de la joven arrasados de lágrimas. El músico se entristeció al verla llorar, dejó que su mirada resbalase por la hoja de periódico, una fotografía de él mismo en una de sus actuaciones y un titular en letra impresa «JOVEN MÚSICO ASESINADO EN LOS PASILLOS DEL METRO»
La música de la rapsodia se fue apagando suavemente.

La alfombra

—¡Fátima, despierta que está amaneciendo!

—Ya voy madre, ¿Qué me has puesto para comer? —La niña se levantó frotándose los ojos.

—Lo mismo de todos los días, naan con aceite y queso. —respondió su madre.

Naan, el pan que hacía su madre por la mañana, untado en aceite era para Fátima la mejor golosina, oyó los balidos de las ovejas que aguardaban en el cercado, tenía que llevarlas hasta el monte cercano para que pastasen, y al anochecer volvería a casa donde le esperaba su otro trabajo, para ella mucho más satisfactorio, —no es que no le gustase el monte—, disfrutaba de esas horas que pasaba con los animales, los insectos y las flores, momentos en los que su imaginación diseñaba alfombras con el máximo detalle para tejerlas al volver a casa.

Desde su observatorio podía ver el pico Haji Ibrahim, en aquel momento los aviones descargaban su mortífera carga sobre Mosul, no se trataba de nada nuevo, la guerra formaba parte de su vida, las explosiones ponían una nota de color dramático en algunos de sus diseños.

Miró a sus ovejas y las vio pastando con tranquilidad, un día como tantos otros, se sentó sobre una piedra, y apoyó su espalda contra el tronco medio quemado por el impacto cercano de un proyectil, y se dedicó a crear mentalmente su alfombra.

El tapiz era todo un universo. Pájaros volando en círculo, ramos de flores, abejas libando, todo ello se mezclaba en una danza revoloteando en su mente.

¡Podía verla! Una alfombra de flores trataba de acogerla, sentía la necesidad de acostarse en ella y dejarse llevar, como en los cuentos, volar alto muy alto para perderse entre las nubes dejando atrás las guerras.

El caza dio una última pasada por el montículo, y al integrarse en su escuadrilla el piloto comunicó con sus compañeros:

—Hemos desperdiciado proyectiles, solo había ovejas.

—¡Volvemos a la base! Mañana tendremos más suerte.
Los aviones se perdieron en el horizonte, habían cumplido el objetivo.

En el poblado cercano los vecinos asustados miraban en silencio hacia el montículo, y el grito de una mujer rompió el silencio de la noche.

Accidente

Un poco más de tiempo, y el trabajo quedará terminado. El brazo totalmente destrozado requiere más tiempo para conectar la complicada prótesis que lo sustituya, pudiendo mantener la misma funcionalidad que el brazo que acaba de amputar, el herido es un médico de fama mundial con su cuerpo destrozado por un desgraciado accidente, con un ligero atisbo de vida, se encuentra conectado a las máquinas que le permitan aguantar la operación.
Al lado de la mesa del quirófano, esperan distintas prótesis a ser implantadas en ese cuerpo hecho girones.

El doctor coloca con cuidado el brazo, sus dedos se mueven con destreza para conectarlo a ese cuerpo que comienza a tener forma humana, mientras experimenta un sentimiento extraño:

—Se lo debo, él me creó como soy. Mis circuitos los hizo a su imagen y semejanza.

Paciencia

Mi madre me enseñó a tener paciencia. Cuando recorría mi cuerpo con la zapatilla, yo decía gritando:

—¡ay! ¡ay! ¡ay! —Ella siempre me contestaba.

—Espera un poco, que todo se andará.

Encrucijada

Ahogo y presión en las sienes, siente algo cálido en el estómago y un sabor dulzón en la boca, le abandonan las fuerzas y se desvanece, cae al suelo y un hilillo de sangre se desliza por la comisura de sus labios.

Sin saber como ha llegado, el viento frío azota su cuerpo desnudo sobre el alfeizar de la ventana, arrastrando de golpe los vapores que oscurecen su mente, le resulta muy fácil saltar al vacío, escucha la llamada del asfalto. Acompañada por las campanadas de un viejo reloj, pasan por su mente, los fracasos, una vida vacía rellenando los espacios con sus coqueteos con la muerte. Y ante sus ojos, un letrero de neón. **«La vida no te pertenece»**, suenan las últimas campanadas, cansado, sollozando, tambaleante, se gira y desciende de la ventana.

Cuentos de Don Restituto

Don restituto es un maestro de pueblo, de aquellos que le venían ni que al pelo la sentencia tantas veces repetida; «pasa más hambre que un maestro de escuela» Creé a este maestro en memoria de los cuentos de Nasrudín a los que tantas veces recurrí de niño para distraerme y reirme con sus ocurrencias absurdas en apariencia.

Pasaba el día absorto en sus pensamientos para ofrecer a sus alumnosun un punto de vista distinto de las materias que tenían que estudiar, procurando no hacer caso a las chanzas de las que era objeto por algunos de sus convecinos.-

El perro de Don Restituto

Don Restituto era un anciano maestro de escuela, delgado, encorvado por los años, enfundado en un traje gris algo raído por el uso. Sus lentes redondas cabalgaban sobre una nariz delgada y tan encorvada, como él mismo. Entre sus alumnos tenía fama de despistado y ellos se aprovechaban de esta «cualidad» para gastarle bromas, y dedicarse a otras labores más entretenidas.

Cuando Don Restituto les hacía alguna pregunta, ellos contestaban lo primero que se le venía a la mente, y don Restituto lo daba por bueno. Esa misma fama se extendió por todo el pueblo. Una mañana se encontró con el alcalde que quiso gastarle una broma y le dijo

—Buenos días don Restituto. ¿Donde ha dejado hoy al perro?

El maestro que no tenía perro, miró a su alrededor como si estuviera buscándolo contestó al alcalde:

—Seguramente estará comiéndo el pan, en el horno mientras el panadero está entretenido con la mujer del alcalde.

El borrico y el alcalde

Paseaba don Restituto por el campo, con su eterno traje gris, y provisto de un paraguas para resguardarse de los rayos del sol. Había pasado la mañana buscando plantas para enseñárselas a sus alumnos, y abstraído en su tarea se había olvidado de todo. Llegó a pasar vecino tirando del ramal de una caballería cargada de leña y por delante de el un burro, al ver a don Restituto, el vecino paró para saludarle

—Buenos días don Restituto. ¿Como a estas horas por aquí con el calor que hace? Si quiere venir conmigo, el burro va de vacío.

Don Restituto asintió con la cabeza viendo el cielo abierto, y con la ayuda del vecino intentó montar en el burro, pero cono no tenía costumbre de hacerlo, se montó al revés. Aunque pensó, bueno así podré ir hablando con mi vecino. Cuando llegaron al pueblo, se encontraron con el alcalde que al ver aquella imagen comenzó a reír y le dijo al anciano

—Don Restituto ¿Cree que el burro lo llevará donde usted quiera ir?

A lo que don Restituto contestó.

—Durante años le voto a usted y nunca sé dónde me llevará. Al menos el burro sé que me lleva a su cuadra.

Si no estuviera aquí...

En las noches de invierno, los vecinos re reunían en casa de alguno de ellos, organizando tertulias, o jugando a las cartas. Aquella noche se habían reunido en casa de don Restituto, y mientras unos cuantos jugaban a las cartas en una de las habitaciones, en otra contigua se dedicaban a contar cuentos y chascarrillos,

Uno de los asistentes se dedicó a imitar la forma de hablar de los diferentes vecinos y los demás debían adivinar de quién se trataba. Comenzó a imitar a don Restituto y lo hizo con tanta fidelidad y en voz tan alta, que los jugadores de cartas pararon y se miraron entre ellos asombrados de lo bien que lo hacía el imitador.

Entonces don Restituto, se puso de pié asombrado y pasándose las manos por el cuerpo como asegurándose de que se encontraba presente, dijo;

—Si no tendría la certeza de que estoy aquí, diría que me encuentro en la habitación de al lado.

YAMAGUCHI AINU

Hace frío, la hora del perro hace ya un buen rato que ha dado paso a la hora del jabalí, las nubes densas no permiten que la luna ilumine la calle embarrada de los suburbios de la Kioto. Esto es algo secundario para Ainu, conoce bien la calle. Los aromas putrefactos de los vertederos de basura de cada uno de sus vecinos, noche tras noche realiza el mismo recorrido hasta el izakaya de Mariko, en el que su padre Kitsune, ahoga sus penas entre masu y masu de sake, en silencio, como si esperase la llegada de las almas de todos aquellos a los que ha dado muerte, para vengarse, o a los asesinos de su familia, para vengarse de ellos.

Llega al final de la calle, unos pasos más, y podrá ver la cortina noren en la entrada al izakaya. Un farolillo ilumina la pintura de Aizen, el terrible dios de los tres ojos, venerado por prostitutas, músicos y cantantes. El viento mueve la tela de la cortina permitiendo que Ainu vea por un momento el interior. Ainu no necesita ver todo el local, después de tantas visitas, lo conoce perfectamente, todavía memoriza cada detalle.

Hasta ella llegan los acordes de biwa del músico ciego que rasga las cuerdas del instrumento, creando con la música, la magia del Cantar de Heike, pronto comenzarán a salir los pocos clientes que quedan en el interior, balanceándose con paso indeciso, por culpa del exceso de sake. Extrae de sus recuerdos cada detalle del local, Mariko se encuentra en el mostrador vertiendo sake en un masu

Llega a la última cabaña, se detiene un momento antes dar los últimos pasos que le lleven a la puerta del izakaya, un roce y el chapoteo de unos zoris al pisar un charco de agua sucia de un desagüe.

Ainu sonríe, esta será la última noche que salga a buscar a su padre, ahora es Mariko quien lo cuidará. Los pasos continúan acercándose, oye los susurros de dos hombres que se dirigen al izakaya. Son ellos, los espera y huele el peligro, y a pesar de ello, y de encontrarse sola, no siente miedo, se siente arropada por la oscuridad de la calle, viste como una geisha, de bajo rango, en sus manos lleva solamente sus abanicos, y aun así no siente miedo.

Los hombres se acercan, se sorprenden al ver a una mujer ante ellos, asombrados ven cómo Ainu inicia una danza lenta, sensual, la música del biwa, inunda todo el ambiente, y la antigua historia de Heike se hace visible ante ellos. Luchas, heroísmo, traición y muertes.

Cambia la escena, desaparecen los Heike y los Genji del Cantar, y en su lugar van saliendo por la puerta del izakaya, un sinfín de seres extraños pidiendo venganza. Nobles, guerreros, labradores y monjes, como si se tratase de una obra kabuki, hacen un pasillo dejando paso a Kitsune, con el rostro blanco, como si estuviera maquillado con polvos de arroz lo que le da un aspecto cadavérico. Lentamente se une en la danza a su hija Ainu en giros frenéticos, que, diluyéndose ambos bailarines en un mundo de sombras, solamente quedan los abanicos danzando, creando figuras que permanecen flotando en el viento.

Las últimas notas de apagan rodando por el suelo dos cabezas, separadas de sus cuerpos mediante un corte limpio.
La danza finaliza, donde antiguamente había cabañas de madera, se apiñan edificios que se elevan hasta tocar el cielo. Pero todavía resuena la voz de Ainu:
—Descansa padre, ya has sido vengado. Juro que continuaré hasta que no quede ni uno solo de los descendientes de los asesinos de tu estirpe.

Pensamientos locos y aforismos

Escribo novela de ficción, porque me permite abrir el armario para que salgan todos mis yos, y correteen durante un tiempo. Es la única manera de parecer cuerdo.

Cuando me olvido de algo que me han dicho, le hago una pregunta a mi otro yo, para ver si él estaba más atento.

Tengo un alter ego muy tímido, suele permanecer oculto.

Mi madre era muy sabia. Si lloraba sin tener motivos, no dudaba en proporcionármelos.

Ha llegado el momento de meditar sobre lo que me hubiera gustado ser en esta vida. Lo único que me viene a la mente es «vago» Pero ya no tengo tiempo.

Quien crea que estará mejor si le canta otro gallo... se levantará de una mala leche...

El gallo se vanagloria de su prestancia, pero es la gallina la que pone los huevos.

Aforismos

1 Belleza es un conjunto de imperfecciones dispuestas armónicamente.

2 El funcionamiento de un lapicero es tecnología punta.

3 Se cuentan los secretos para tener la seguridad de que son difundidos con amplificador.

4 Comencé a escribir porque tenía letras almacenadas.

5 La palabra es infiel, olvidadiza y voluble. Sale de la boca, olvida el camino de regreso, y permite ser modificada

6 Cumplo años porque es la mejor opción que tengo.

7 Procuro no hablar de los fallecidos porque no están presentes.

8 La razón no es de tu propiedad, dásela a quien la quiera tener. Evita mucho estrés.

9 Paso de los pecados capitales, soy de pueblo.

10 Dicen en la DGT que el móvil mata. Voy a otorgar al mío la presunción de inocencia.

11 Le exigían que funcionase con la exactitud de un reloj, y para conseguirlo se puso las pilas.

12 Hay silencios más sonoros que una orquesta sinfónica.

13 El recurso de quien no quiere pagar una deuda es creer que Dios es su banquero.

14 Historiador es quien explica el pasado de oídas.

15 Excita más una incertidumbre, que mil certezas.

16 En muchas ocasiones un por favor suple a... ¡quita de ahí!

17 En los velatorios se habla del muerto, por decir algo.

18 Historia son las noticias antiguas que todo el mundo trata de modificar cómo les conviene.

19 Las musas son duendes burlones que se ocultan cuando las necesitas.

20 Cuando mi cabeza se llena de pájaros, siempre hay quien trata de espantarlos.

21 Hay quien chapotea en un charco y cree que es natación de fondo.

Epílogo

En «Mi viaje hacia el oeste», trato de recoger todo el trabajo que realicé después de un infarto sufrido el 30 de marzo de 2018. No se trata de un libro de autoayuda, porque para eso existen otros especialistas con más conocimientos que yo.

Tampoco se trata de un diario en el que las anotaciones se encuentran dispuestas en un orden establecido de antemano. He ido recogiendo pensamientos recuerdos y relatos en la misma manera que los fui escribiendo al extraerlos de una memoria loca, con muchas ganas de vaciarse, recuperando el orden anterior.

Los haikus y los aforismos, son una pequeña muestra de los que fui escribiendo para obligar a la mente a trabajar con la rapidez a la que estaba acostumbrado en mis juegos verbales, a los que di en llamar «esgrima verbal».

Escribo novelas al contado para no pasarme de letras.